神隠し三人娘

怪異名所巡り

赤川次郎

集英社文庫

イラスト／南Q太
デザイン／小林満

目次

〈すずめバス〉の仲間たち

神隠し三人娘

怪異名所巡り

心中無縁仏

1

看板の文字さえ消えかかった、その薄汚れた建物を見たとき、思わず足が止った。

確かに、〈はと〉と〈すずめ〉じゃ違って当り前だが、それにしても……。

どんよりと雲が垂れこめて、いつ雨になってもおかしくない。もっともその鉛色《なまりいろ》の空は古ぼけたモルタル二階建のその社屋にはぴったりだった。

「よそが快晴でも、きっとここだけは曇りね」

と、町田藍《まちだあい》は呟《つぶや》いた。

帰ろうか。帰りたい。——八割方、帰る方へ心は傾いていたが、それでも、

「アパートの家賃はどうする、クレジットで買ったスーツの引落しは来週に迫っているし、通っているカルチャーセンターのエアロビクスのクラスもやめたくない……」

と、自分で並べ立ててみると、「帰れない」という結論に達するのだった。

仕方ない。

よいしょ、とバッグを持ち直し、町田藍はそのお化け屋敷みたいな（実際はそうじゃないと分っていたが）建物へと重い足を運んでいたのである。

「——失礼します」

ガラガラと今どき珍しい引き戸を開け、中を覗《のぞ》き込みつつ声をかけると、奥の机でスポーツ新聞を広げていた男が、机の上にのっけていた足を下ろして、

「誰《だれ》？」

と、煩《わずら》わしそうに言った。「セールスならいらないよ」

こんな所に誰が品物を売りに来るもんか、と思いながらそうは言わず、

「あの……来るように言われたんですけど。私、バスガイドの町田といいます」

と、穏やかに言った。

「ああ……」

その男は、禿《は》げ上った額をツルリとなでて、立ち上った。「電話して来たのは君か？〈Hバス〉にいたという……」

「はい、そうです」

「あ、そう。——ま、こっちへ来て、そこへかけてくれ」

すっかり弾力を失ったクッション。色も変ってしまって、元々何色だったか分らない。ソファに腰をおろすと、キュッと空気の抜けるような音がした。

「ええと……町田……あいさんと読むのかね」

「そうです。二十七歳と書いてありますけど、書いたときは二十七でしたが、今は二十八です」

正直に言った。

「はっきり訊《き》くけどね」

と、そのおっさんは言った。「〈Hバス〉をクビになったのは、何か素行に問題でもあったのかね？」

「――どういう意味です？」

「いや、だから理由もないのにクビにならんだろ？　乗客の中の可愛い男の子に手を出したとか、いやな客に松の廊下で切りつけたとか……」

どこまで本気なのか、よく分らない男である。

「まず訂正したいんですけど」

と、藍は座り直し、「私、クビになったわけじゃありません。確かにリストラで辞職勧告されはしましたけど、あくまで自分から辞めたんです」

「分った分った」

と、相手は肯《うなず》いて、「じゃ、特に問題を起したというわけじゃないんだね」

「もちろんです！」

「で――この〈すずめバス〉で働きたいと思ったわけは？」

冗談じゃない！　誰が好んでこんなけったいなバス会社で働くもんか。

しかし、そこは大人である。

「これまでの経験が役に立つ職場を探して、ここを見付けました。〈Hバス〉では、あらゆるコースを担当したので、きっと、お役に立てると思います」

　精一杯の「お愛想」を言ったが、

「ふーん」

　と、相手は大して感銘を受けている風でもない。

「あの……私からも伺っていいでしょうか」

「何だね？　お金のことなら——」

「いえ、そうじゃありません。もちろん、お金のことも伺いたいですけど、仕事のことです。この会社、本社はどこなんですか？」

　相手は顔をしかめて、

「君は、いやみを言ってるのか」

「いいえ、別に……」

「本社も何も——ここだけだ」

「ここ？」

　と藍は中を見回し、「じゃ、オフィスは？」

「ここだ」

「あの……失礼ですけど、あなたは……」

「私は筒見哲弥《つつみてつや》。〈すずめバス〉の社長だ！」

　と、そのおっさんは胸を張って言った……。

ブルブル、ドカン！

エンジンの凄《すご》い音をたてながら、バスが一台戻って来た。

「あーあ……」

大欠伸《おおあくび》しながら降りて来たのは、やや厚化粧の四十前後のバスガイド。

「お疲れ様です」

と、藍が挨拶《あいさつ》すると、

「——どうも」

と肯いてから、「あんた、誰？」

「町田藍と申します。今日からこちらで働くことになりました」

「ああ……。じゃ本当に新人が来たんだ！」

と、目を丸くしている。

「そう新人でもありませんけど」

と、藍は言った。「バス、お掃除しましょうか」

「いえ、自分でやるわよ」

と言って、「私、山名良子《やまなりようこ》。よろしくね」

「こちらこそ、よろしくお願いします」

「あんた、何のコースやるの？」

「それはまだ……」

「そう、何しろ、うちの社長は突拍子もないコースをでっち上げるの、得意だからね」

「そうですか」

「前に、ビキニの水着でガイドするってコースがあってね。行先なんかどこでもいいのよ。でも、ガイドがみんな風邪《かぜ》ひくんでやめちゃった」

藍は絶句した。

「セーラー服でやらされたこともあるしね。ま、今はさすがにこの年齢《とし》じゃね」

もし、「セーラー服を着ろ」と言われたら、即座に辞表を出そう、と思った。——まだ仕事も始めていない内に辞表を出すことを考えているというのも普通ではない。

「大丈夫よ」

よほど思いつめた顔をしていたのか、山名良子が慰めるように言った。「最近はね、社長もコースの中身が良くなきゃ客は来ないって分って来たから」

「はあ……」

藍は心もとなげに言った。「他の車は？」

「他の車ったって、バスはこれと変んないオンボロがあと一台あるだけ。でも、まだ戻って来ない？　おかしいわね」

バスから運転手が降りて来た。

「お疲れ。——この子、誰？」

「新人ですって」

「へえ、物好きだね」

「この人、飛田《とびた》さん」

少しヤクザな感じだが、腕は悪くないと思わせるものがあった。

「——君原《きみはら》さんのバス、戻ってないんですって」

と、良子が言った。「おかしいわね、予定じゃとっくに……」

「あれ、ですか？」

と、藍は言った。

今正に息切れして倒れそうなバスが、ヨロヨロと駐車場へ入って来た。

〈すずめバス〉のロゴはかすれて、すずめの絵も翼が消えかけていた。

「良かった！　無事に帰って来て」

と、良子が胸に手を当てた。

「どこへ行ってたんですか？」

「公園巡り」

「——まともですね」

「普通の公園じゃないの。〈犬を散歩させるのにいい公園はどこか〉ってコースでね、目玉は、愛犬家が犬を散歩へ連れていくのに最適なのはどこか、愛犬同伴で、実地に試せるってことなの」

良子が話している内に、そのバスはシューッと音をたてて停《とま》り、中から、放心状態の若いガイドが降りて来た。

「エミちゃん！　どうしたの？」

と、良子が驚いて駆け寄る。

無理もない。一応、古ぼけたガイドの制服は着ているが、帽子は落ちそうになって髪もボサボサ。制服があちこち引き裂かれているのだ。

ずいぶん若いバスガイドである。

「大丈夫？　気を確かに！」

「私……襲われたんです」

「何ですって？　客に？」

「いいえ、犬に……」

と言って、エミというその子が地面に座り込んでしまう。

「ちょっと！――あんた、手伝って！」

良子に言われて、藍はあわてて駆け寄った。

エミちゃん、というその若いバスガイドを、良子と二人で両側から支えるようにして、ともかくオフィス（？）の中へ運び込む。

「何だ、どうした？」

と、社長の筒見が立ち上る。

「犬に襲われたんですって。──可哀《かわい》そうに。ちゃんとガイドの身の安全を確保して下さらないと、乗車拒否します！」

「山名君、君の言いたいことはよく分る。しかし、この時代、会社が生き残っていくのは容易なことじゃないんだ」

「それより、お水を一杯！」

と、良子に怒鳴られて、筒見はあわてて飛んで行った。

常田《つねた》エミ、というのが、そのバスガイドの名前だった。

「途中、エサをあげる時間を取るのを忘れてたんです」

と、やっと少し落ちついた様子で、「私、自分で犬を飼ってないもんですから……。そういうのって、伝わるんですね」

「それにしたって……。もう、このコースはやめた方がいいわよ」

「しかし、近ごろじゃ珍しく、二十人も集まったんだぞ」

と、筒見が未練がましく、「しかも、必ず犬とセットになってる。十人来りゃ、二十席も埋まる」

──藍は、段々絶望的な気分になって来た。

「でも……」

と、ふしぎに思って、「運転手さんは助けてくれなかったの？」

何気なく口にしたその問いに、常田エミはパッと起き上り、

「とんでもない！　君原さんに傷一つでもつけたら……。私、申しわけなくて自殺しちゃいます！」

その剣幕に、藍が呆気《あっけ》に取られていると、

「大丈夫かい？」

と、無表情な声がした。

「何ともありません！」

「それならいいけど……」

その青年は、長身というわけではないがスラリと細身で色白、そしてギリシャ彫刻のように彫りの深い顔立ちの美青年なのだった。

藍も思わず見とれてしまった。

「君、誰？」

君原志郎《しろう》と藍の最初の会話は、至って無味乾燥なものだった……。

2

「じゃ、早速今夜からね」

採用が決って、まさかその日から働かされるとは思っていなかったが、

「運転は——君原君、頼めるかな」

古びた木のベンチに腰をかけて、缶コーヒーを飲んでいた君原は、

「いいですよ」

と、無表情に言った。

この瞬間、藍は、今夜から働こうと決めたのである。

「――いいね？」

と、念を押され、

「はい」

と答えていた。「でも――仕度は？」

「制服がねえ……。一着あるけど、もう五人が着てるんで、あちこちほころびかけてるんだ」

「あの……私服でもいいんですか？　一見制服みたいな紺のスーツを持ってますけど」

「じゃあ、それにしてくれ！」

「でも、一回アパートへ戻らないと。間に合いますか？」

「充分だよ。出発は夜の十時だ」

「十時？――一体何のツアーですか？」

夜遅くに出発するツアーなんて、たいていは少々いかがわしいしろものである。

普通の乗客が、夜十時出発のバスツアーに集まるわけがない。

「それで――何のツアーですか？」

と、藍が訊くと、筒見は両手を胸の前でダラリと垂らして見せた。誤解しようがない。

「お化け……ですか」

「うん。それもね、一般的な意味での〈恐怖怪奇ツアー〉じゃないんだ」

「といいますと？」

「この手のものは、たいてい決ってて、〈お岩さんの墓〉だの番町皿屋敷《ばんちようさらやしき》の跡だのだが」

筒見は得意げに、「わが〈すずめバス〉はそんないい加減な、遊園地のアトラクションのようなものはやらない。――この〈怪奇ツアー〉は、あくまで本物を見ていただくんだ」

と、胸を張った。

「本物って……お化けのですか？」

と、藍は呆《あき》れて、「バスが行くと、ちゃんと出るんですか？」

「そこは分らないがね。しっかり情報を集めて、『ここは出る』という場所を選んであるんだ」

「でも……」

「やってみなきゃ分らんというところは、むろん、ある。そこで君の肩にかかっているわけだ」

藍は気味悪そうに肩を手で払った。

「今まで、本当に出たんですか？」

「今夜が初めてだ」

藍は危うく椅子《いす》から転り落ちるところだった。

九時四十分に、バスは集合場所へ着いた。

何だかさびれたお寺の前。——何もわざわざこんな所に集合しなくたって。

藍は、前方の扉を開けて外を覗き、

「まだ一人もみえてませんね」

と言った。「本当にみえるんですかね？」

「さあね」

大きなハンドルに手をかけて、君原は相変らず無表情に言った。

「でも、十二人も申し込みがあったんですって。値段高いのに！」

と、藍は首を振って、「物好きな人、多いんですね」

「うん……」

「今夜行く所……。君原さん、知ってるんですか？」

「知らないよ。地図で見ただけだ」

「ねえ、私、聞いたことない町だわ」

K市の外《はず》れ、地図で見ても、どうしてここだけがポツンと離れて町になっていたのか分らない。

「ともかく行ってみるさ」

「でも、私は色々説明しなきゃいけないんですよ。何て言えばいいの？」

何しろ何か所も回るというのとは全く別ものだ。行先はたった一か所。

「何とかなるだろ」

と、君原は言って欠伸をした。

――藍が心配していることは、本当はもう一つあった。

というのは――藍自身、霊感が強いのだ。ただでさえ、幽霊とか呪《のろ》いとかに反応してしまう体質なのである。

よりによって……。

こんなことなら、まだ「お色気路線」のツアーでもやった方がいいのだ。

お願いだから――何も出ませんように！

しかし、もし何も出なかったら、それこそ大変だ。

「――誰か来たわ」

と、藍は言った。

どうやら、このバスの客らしい。

一人でも客がいるとなると、バスを走らせないわけにいかない。

やけ気味でバスを降りた藍は、

「いらっしゃいませ。〈すずめバス〉へようこそ」

と愛想よく言った……。

全くね。――物好きが多いのね、世の中にゃ。

そう思っても口には出せない。どんな「物好き」でも客は客だ。

しかも、今、バスは人家があるとはとても思えない田舎道《いなかみち》をひた走っていて、おそらくあと十分ほどで今夜の目的地へ着くことになっている……。

「あと五分」

運転している君原がボソッと言った。本当にクールで、ハードボイルド小説に出てくる私立探偵みたいだ。

「はい」

藍はホッとしてマイクを取ると、客の方へ向いて、「皆様、大変お疲れ様でございました。間もなく〈霊心寺《りょうしんじ》〉に到着の予定でございます」

バスの中の息苦しいような緊張感が、このひと言で却《かえ》って緩《ゆる》んだようだ。

「いよいよか」

「幽霊に会ったら、何て挨拶するんだ！　『今晩は』でいいのかな？」

「うらめしや、じゃないのか」

「人間の方が何で幽霊に『うらめしや』なんだよ」

笑い声も起る。

「ええ――私もこのお寺は初めてですので、充分に用心して見学したいと思います」

と、藍は言った。

「いや、いいんだよ、用心しなくても。用心しすぎて却って幽霊が出そびれちまったら何にもならない」

一番前の座席に陣取っているのは大学の教授だという背広姿の渋い紳士。

何を研究してるのか知らないが、幽霊を研究する人もいるのだろうか。

しかし、この笹田《ささだ》先生という人に、藍はすっかり助けられたのである。

つまり、これから行く〈霊心寺〉という寺のことを、乗客に説明しようにも何も教えられていないので、どうしていいか分らずに困っていると、この笹田が、

「僕が知っていることを話しておこう」

と、代ってマイクを握ってくれたのである。

藍も、バスガイドを八年もやっているが、お客に代って説明してもらったのは初めてだった。

——バスの乗客は、その数字もぴったりの十三人。申し込みのあった十二人に、発車間際に駆けつけて来た、高校生らしい女の子が一人。

この不況の折、こんなバスツアーに十三人も集まるというのは驚きだった。それだけに、もし何も出なかったら、藍としても責任を感じる。

さて——。

「あれだな」

と、君原が言った。

藍は前方へ目をやった。少し小高くなった場所に、お寺らしい建物の輪郭《りんかく》が見えて来ていたが……。

――ここはK市の外れにある。

古い歴史のある織物会社がこの辺りに工場を作り、七十年以上の間、操業を続けていた。その間に、工場の周りに、工場へ勤める人たちの家が建ち並んだ。

そのせいで、K市の一部ではあるが、ここだけポツンと離れた場所に町ができたのである。いわゆる企業城下町――といっても、日立《ひたち》だの豊田《とよた》だのというほど大きくはないが、いわばその小型版がこの町だった。

今から五年前、その企業が経営危機に陥り、ここの工場も閉鎖されることになったのだ。

「――色々、大変なことがあったのです」

と、説明してくれた笹田先生は多くを語らなかったが、要するに閉鎖に反対する第一組合と、それを切り崩す会社側の作った第二組合に分裂して、次々に再就職していくのは第二組合のメンバーだけ。

誰かが寝返ると、たちまち雪崩《なだれ》を打って第一組合員が脱退、閉鎖反対の闘争は一年ほどで終った。

「残ったのは、ついこの間まで同じ職場で仲間同士だった男たちの憎み合い、しかも、小さな町の中ですよ。家族もそれに巻き込まれる。親が敵《かたき》同士になると、その子供たちもケンカを始める。第一組合の家の人間にはスーパーが物を売らない、といったこともあったらしい」

笹田の話は、特に中年の勤め人には応《こた》えたようで、

「分る、分る！」

と、中には涙ぐんでいる人もいた。

「閉鎖の後、わずか一か月で町は空っぽになってしまったのです。そして――この町の人たちのためにあったこの霊心寺も、人がいなくなってしまうんですから、どうしようもない。みんな越して行くとき、墓からお骨《こつ》を持って行った。しかし中には『死んだ人間のことまで気にしてられるか』と放って行く者もあり、お寺もまた空っぽになった……」

バスの中は重苦しい沈黙に包まれた。

「――それじゃ、誰が化けて出てもふしぎじゃないね」

と、一人の若者が嬉《うれ》しそうに言ったのが、何とも奇妙にその場にふさわしく聞こえた。

そして今――バスは、霊心寺の前に着いた。

藍は、むろん先に降りて、乗客が降りるのを待つのだが、自分が降りたとたん、目の前の山門が崩れかけ、雑草が生《お》い茂っている寺の荒れ方にショックを受け、立ちすくんでしまった。

「――悲惨だな」

笹田が一番に降りて来て言った。

「あ！　お疲れ様でした！」

藍はあわてて言った。笹田が笑って、

「このコースは特別だ。マニュアル通りにやることはないよ」

と言った。

「はあ……。でも、たった四、五年で、こんなになっちゃうんですか？」

「人がいなくなると、荒れるのなんか、たちまちさ」

と、笹田は言ったが、「君——町田君といったっけ」

「町田藍です」

「藍君か。——あのね、実はちょっと頼みがあるんだ」

笹田は、わざわざ藍を傍《わき》へ引張って行った……。

3

それは凄絶《せいぜつ》な光景だった。

ほとんどの墓石が倒れ、押し除《の》けられ、二つに折れたり欠けたりして、今はそれが枯れ草に半ば埋もれているのだ。

——雲が切れ、月が出ていた。

青白い月明りに照らされて、その光景はまるで舞台装置か書割《かきわり》のようにさえ見えた。

「――凄いな」

と、誰かが言った。

寺の境内《けいだい》を抜け、裏手の墓地へと近付くにつれ、十三人の「お客様」たちが段々無口になり、何か目に見えない手に心臓をつかまれているような息苦しさを感じていた。

「――何かいるよ」

と言う一人の客の声は震えていた。

藍は、事故でもあると困るので、乗客たちの一番終りについていた。

バスでも一番後ろに乗っていた女子高校生が、歩いていてもおしまいの位置で、自然藍と並んで歩くことになった。

「――大変ですね、バスガイドさんも」

と、その女の子が言った。

「仕事だから」

と、藍は言って、「あなた、どうしてこのツアーに？　鈴木さん……だったわね」

「鈴木ルリ子です」

と、少女は言った。「今、十七歳の高二。研究してるんです、霊について」

「研究？」

「レポート出すんです。これで二年生の成績が決るんで」

「へえ……」

「もともと好きなんです、幽霊とか。――藍さん、でしたっけ。お好きですか?」

「幽霊? ちっとも!」

好きでないのは、年中よく会うからだと思う。

墓地へ一歩足を踏み入れると、藍は客のことは放っておいて逃げ出そうかと本気で悩んでいた……。

「写真、撮《と》っていいかな」

と、一人が言った。

「どこにも禁止とは書いてないよ」

一人がフラッシュをたいて撮り出すと、それをきっかけにみんな写真やビデオを撮り始めた。

「こっちはもっと凄い!」

段々、大胆になって来て、初めは固まっていたのが、徐々にあちこち散って行くようになる。

「用心して!」

と、笹田が呼びかけた。「お骨を取り出して、そのまま穴の口をふさいでないから、落っこちたりしないように」

足下《あしもと》は、月夜といっても暗い。

藍は周囲へ目をやった。

何かが見ている。――視線が背中に突き刺さるようだ。

誰も気付かないの？　感じないの？

「何かありそうかね」

と、笹田が小声で訊く。

「さあ……」

藍は知らん顔をしていたかった。――笹田はさっき、藍を捕まえて、そっと言ったのである。

「実は、僕は知識だけあるんだけど、全く霊感とかに縁がないんだ。もし何かあったら、僕に説明してくれ」

正直な人なのだろう。

「こっちの墓は、わざと荒らしたみたいだぞ！」

と、誰かが言った。

何となく、みんな我に返った様子で、その一画へ集まった。

藍も少し離れて立っていたが、しきりに冷たい空気の塊《かたまり》が首筋や背中を撫《な》でて行く。

早く帰りましょう！――そう叫びたかった。

「これは心中した二人の墓ですね」

と、笹田が言った。「この辺では知られている出来事です」

藍も少し興味をひかれて、乗客の間から覗いて見た。

墓石は横倒しになっていたが、お骨を納めた穴はふさがったままだ。そしてその辺には紙《かみ》屑《くず》らしいものやゴミの類《たぐい》がぶちまけられて、さらに墓石にはペンキを吹きつけてあった。

「——どうしてこんなひどいことを？」

と、ルリ子が言った。

「これはね、心中といっても、ずっと最近のことだ」

と、笹田が言った。

「〈白浜《しらはま》……薫《かおる》〉と〈結城知美《ゆうきともみ》〉と彫ってありますね」

と、倒れた墓石のそばへかがみ込んで、一人が言った。

「さっき話した、工場閉鎖の騒ぎの犠牲者《ぎせいしゃ》ですよ」

と、笹田は墓石を見下ろし、「白浜薫の父親は、第一組合の委員長。結城知美の父親は第二組合の委員長でした」

みんな一瞬黙ってしまった。

「——じゃ、〈ロミオとジュリエット〉みたいですね」

「いや、もともと憎み合ってたわけじゃないんですよ。つまり、恋人同士だったのに、突然閉鎖騒ぎが起って、親たちが敵対することになった。小さい町ですしね、二人は会うこともできなくなった」

「それで？」

「二人は工場がストで揺れる中、手に手を取って、この寺の裏にある大きな池に身を投げたんです」

「でも……死んでからは、こうして――」

「そのときはね。しかし、結局事態はもっとこじれて、どっちの人間がやったのか、こんな風に荒らされてしまったんです」

「死んでまで、憎しみの対象になるなんて……」

と、ルリ子が言った。

空気が揺れた。波が伝わってくる。

藍は振り向いた。

「――せめて、墓石を立てておいてやりたいですな。どうです、力を合せて」

「先生……」

と、藍は言った。「見えます？」

みんなが振り返って、息をのんだ。

青白い火が、空中で燃えていた。火の玉、というのとは違って、それはぼんやりと人の形と大きさを持っていた。

それは空中を流れるように歩いた。

「――見えた！」

笹田が声を震わせて言った。

「ビデオだ！」

「カメラも」

やっと我に返ると、一斉《いっせい》にレンズをその青白い火に向ける。

しかし、藍はふしぎとその青白い火に「霊」を感じなかった。――あれはただの鬼火だ。

むしろ、強い冷気が背後で渦巻いている。

藍はそっと後ろへ目をやった。

ズズ……、こすれる音。

サーッと砂の落ちる音。

あの墓石が――心中した二人の名を彫った墓石が、自ら立ち上ろうとしていた。

藍は、墓石が生きもののようにしなり、歪《ゆが》み、ねじれながら真直《まっす》ぐに立ち上るのを見ていた。

そして――墓石に彫られた二人の名前から、ゆっくりと血が流れ始めた。墓石の表面を伝い落ちていく血は、赤い涙のようでもあった……。

しかし、誰もその墓石の方へは注意を向けない。みんな、空中を動き回る青白い火の玉に見とれているのだ。

でも、あれはおそらく……。

ワッと声が上った。

青白い火が空中で花火のように散ったと思うと、乗客たちの上へ降って来たのだ。

みんなが悲鳴を上げて逃げ出した。頭を抱え、右往左往していた。

笹田も青くなって尻もちをついてしまった。

「大丈夫です！」

と、藍は叫んだ。「心配いりません！　落ちついて！」

青白い火は地上に落ちると、シャボン玉のような呆気なさで消えてなくなった。

「――消えた」

「熱くも何ともなかったな」

乗客たちも立ち直ると、早速デジタルカメラを持った者は画像を再生した。

「映ってる！　ちゃんと火が映ってるぞ」

と、興奮した声が上る。

「ビデオもだ！　こりゃ評判になる」

怖がって逃げ回ったのは忘れて、みんなすっかり舞い上っていた。それでも、

「よろしければ、引き上げませんか？」

と、藍が提案したときには、さすがに誰も反対はしなかった。

「見えた……。見えた」

と、笹田は感動のあまり涙すら流している。

しっかりしてよね、先生のくせに！

藍は、みんなを追い立てるようにして墓地から出ようとしたが、

「――ルリ子さん。――大丈夫？」

鈴木ルリ子が、一人ボーッと突っ立っていたのである。

呼びかけると、ハッとした様子で、

「すみません、大丈夫です」

と、素直に言って、墓地を出て行く。

最後に藍は、あの心中した二人の墓を振り返った。

そこは、何も起らなかったかのように、初め見た通りに墓石が倒れたままになっている。

さっき見たのは幻だったのか？

いや、むしろあの青白い鬼火の方が、いわば「目くらまし」で、本当の目的は別の所にあったのだ。――藍にはそう思えてならなかった。

バスに戻ると、君原は運転席で居眠りしていた。

藍に起されて、君原は大欠伸すると、

「もう帰るのか。――一晩泊ってくのかと思った」

「早く出して。――もうこんなツアー、やめましょうね」

「社長に言えよ」

と、君原は言って、エンジンをかけた。

かくて――このツアーは、特にけが人もなく終って、霊心寺を後にしたのだった。

「皆さん、お疲れ様でした」

マニュアル通りにそう言ったが、十三人の乗客は、夢うつつの放心状態。

結局、帰りも藍はひと言も説明せずに終ってしまったのだ……。

4

「町田君、電話だ」

社へ戻った藍がオフィスへ入って行くと、筒見社長が呼んだ。

「私にですか？」

こんな所へ誰がかけて来るんだろう。

「この電話だ」

と、筒見は立ち上って、「俺《おれ》は取材が入ってるんで、出かける。今日は戻らないからな」

「はい」

何だか変ね。

筒見がいやに急いで出かけて行くのを、藍は見送りながら受話器を取った。

「お電話かわりました」

と言ったとたん、

「どうしてくれるのよ！」

と、凄い剣幕で怒鳴られた。「うちの娘をちゃんと元の通りに戻してちょうだい！」

社長ったら……。苦情を言われるのがいやなもんだから逃げたな！

「あの——申しわけありませんが、ご事情を詳しく伺わせていただけますか？」

と、藍はおずおずと言った。

「何ですって？　あなた——」

「バスガイドです」

「じゃ……〈怪奇ツアー〉で、霊心寺という所へ行った人？」

「そうですが……」

「私、鈴木智子《ともこ》といいます。娘はルリ子」

「ああ！　最初のツアーでいらした……」

「そうです——ルリ子がね、あれ以来おかしいんですよ！」

藍は椅子を引いて座ると、

「おかしいって、どういう風でしょうか」

と訊いた。

「どういう風も何も……。突然男みたいな口をきいたかと思うと、女の名前を呼んで泣き出すし、かと思うとケロッとしてやたらものを食べたがったり……。ともかく全然学校へ行こうともしないの。どうしてほしいのか訊くと、ただ『待ってる』と言うばっかり」

「待ってる……。何を待ってるんです？」

「それが分りゃ苦労しないわよ！　ともかくあんたの所のツアーとやらに行ってからおかしくなったのは確かなんだから！　何とかしてちょうだい」

「分りました。ともかく一度伺います」

と、藍は言った。「明日は休みなので、午後からでも伺っていいでしょうか」

藍があれこれ言いわけせずに、行くと約束したので、向うも少し落ちついた様子で、

「本当にお願いします。あの子は今、受験勉強の大事なときなの。こんなことが学校へ知れたら……」

「学校へは何と言ってあるんですか？」

「風邪をこじらせて、と言ってあります。だってまさか本当のことを――」

「分ります。私、町田藍と申します。明日必ず伺いますから」

と、藍がくり返して、やっと電話を切る。

「――おい」

と、君原が入って来た。

「あ、すみません、今、洗いますから」

戻ってからバスのタイヤやボディの泥や汚れを洗い落すのは、ガイドの仕事だ。

大分寒くなって来て、水洗いは辛《つら》い。

「俺も手伝うよ」

と、君原が言った。

「あ、いいですよ。今日はそうひどくないし……」

しかし、手伝ってくれるというのを断ることもない。

「──社長、すっかり乗ってるな」

と、ブラシでタイヤをこすりながら君原が言った。

「ええ、今日もこれから取材だって……」

「取材の謝礼は全部ポケットへ入れてるんだぜ。ちっとはこっちにも回してほしいよ」

と、君原はニヤリと笑って、「な？」

滅多に見ることのない、君原のおどけた表情だった。

「そうですね」

「毎日大変な思いをしてるのは君だ。俺はバスで待ってるだけだからな」

──そうなのだ。

あの霊心寺へのツアーの話は、お客さんたちが、写真やビデオをインターネットに流したので、たちまち広まってしまった。

何しろ、本物の霊が火の玉になって現われるというのだから、その手の話の好きな人たちが飛びついたのも無理はない。

たちまちあのツアーはマスコミで取り上げられ、

「本物だ」

「トリックだ」

と、論争になって、それがまた一般の人たちの好奇心にも火をつけた。

これは〈すずめバス〉にとって、正に滅多にない儲《もう》けどきだった。社長の筒見はどんどん積極的にツアーを宣伝し、何と毎晩バスが霊心寺へ行くようになった。

そうなると、藍だってそう毎晩はやっていられない。今は藍と常田エミが交替でこなしていた。

そしてこの時ならぬ〈幽霊ツアーブーム〉で、脚光を浴びているのが大学教授の笹田である。

最初のツアーに同行して、青白い炎を自ら目撃、しかも大学教授の肩書、とくればTV局が利用しないはずがない。

かくて、笹田は今やほとんど毎晩のように〈すずめバス〉に乗って、TV局のクルーを案内したり、団体のガイドを請《う》け負《お》ったりして、すっかり「時の人」なのである。

――今日は珍しく霊心寺へのバスの出ない日。

おかげで夕方にはこうして仕事が終っているというわけだ。

「しかし、あの寺の幽霊ってのは、何か〈すずめバス〉に義理でもあるのか?」

と、君原が言った。「よそのバス会社がツアーをやっても、さっぱり出ないっていうじゃないか。それなのにうちのツアーにはきちんきちんと出てくれて」

「社長が専属契約結んだんでしょ」

と、藍は言った。

その点をやっかんで、よそのバス会社が、

「インチキだ」

と、噂《うわさ》を流しているのも承知だが、すでに遅い。

話題になってしまってから何を言っても、それは却って宣伝になるだけなのだ……。

「——なあ、町田君」

と、君原がナンバープレートを洗いながら言った。

「何ですか？」

「幽霊が出るのは、君に惚《ほ》れてるからじゃないのか？」

と、君原は言った。

藍はびっくりしてホースを取り落し、水を噴き出しながらはね回るホースを、びしょ濡《ぬ》れになって取り押えなければならなかった。

「——もう！　変なこと言わないで下さいよ！」

と、藍は文句を言った。「風邪ひいて声が出なくなったら、商売に差《さ》し支《つか》えるんですよ！」

「ごめんごめん」

と、君原が笑って、「しかしな、これはあの笹田って先生も言ってたんだぜ」

「エミちゃんの行く日も、ちゃんと出てるじゃありませんか」

「でもな、出ても、すぐ引っ込んじまうんだ。あれはまるで、ガイドを見て、『何だ、今夜は違うのか』って、幽霊がすぐ引っ込んじゃうみたいだって」

「やめて下さいよ。いくら男にもてないからって、幽霊とお見合ですか？　願い下げですよ！」

藍は、やたら水を君原の方へはね返させてやった。

「どうかよろしく……」

鈴木ルリ子の母、智子が深々と頭を下げる。

「お役に立てますかどうか……」

藍は、食事をのせた盆を手に、ルリ子の部屋のドアの前に立った。

「ルリ子さん。——町田藍よ」

と呼んでみる。「バスガイドの。——憶《おぼ》えてる？」

ドアの向うが静かになった。それまでは、ルリ子が一番嫌っていたというハードロックがガンガンかかっていたのである。

「入れよ」

と、太い声がした。

藍は片手で盆をバランス良く持つと、ドアを開けた。

「整理好きで、いつもチリ一つ落ちていなかった」

と母親の言うルリ子の部屋は、ほとんどゴミ箱と化している。

その奥に、ベッドに仰向けに引っくり返っているのがルリ子だった。

「——今日は」

と、藍は言った。

ドアを後ろ手に閉めると、机の上の雑誌の山を払い落し、盆を置いた。

ボサボサの髪、Tシャツにジーパンのルリ子は起き上ると、

「どうしてもっと早く来なかったんだ」

と言った。

ルリ子の声だが、低く太い。

「無理言わないで。今じゃ、毎晩のようにこき使われてるんだから」

と、言い返す。

「お前を待ってたんだ。分ってるんだろ」

「分りたくないわ。どうして私に？」

「俺と話せるのはお前だけさ。あのとき、やっと待ちに待った相手が来たと思ったんだ」

「どうしてルリ子さんにとりついたの？」

「お前にゃとりつけない。こいつは純真で心を開いてたからな」

「すれっからしで悪うございましたね」

と、藍は文句を言ってやった。「でもね、体を拝借するのなら、ちゃんと礼儀を尽くしなさい。食事したりしなかったりじゃ、ルリ子さんが弱ってくでしょ」

「分ってる。好物が違うんだ、こいつとは。お袋さんが、こいつの好きなもんばっかり作るから」

「幽霊が偏食してるってのは初めて見たわ」

ルリ子は盆を覗いて、

「今日のは食えるな。よし、食ってやる」

藍は、ルリ子が猛烈な勢いで食べ始めたので、少しホッとした。

「あんたは誰なの？」

「分ってんだろ」

「――心中した白浜薫って男の子」

「男の子って、二十四歳だぜ、子供じゃねえよ」

「やってることは子供だわ」

と、言い返した。「何が望みなの？」

「女さ」

藍はギクリとしたが、

「心中した結城知美さんと一緒でしょ？　飽きたっていうの？」

と言ってやった。「そりゃ他の女性に目を移したくてもできなくてつまらないかもしれないけど、自分で選んだ道でしょ。我慢しなさい」

ルリ子が皮肉っぽく笑った。

「分っちゃいねえな、お前も」

「何が」

「俺だってな、好きな相手と墓に入りゃ、文句なんか言わないさ。あの墓に俺と一緒に入ってる骨はな、知美じゃないんだ」

「何ですって？　じゃ、誰なの？」

「こっちが訊きたいぜ。おい、ちゃんと俺の好きな知美を連れて来て一緒にしてくれ。そしたら俺も、この子から出て成仏《じょうぶつ》してやるよ」

と、ルリ子——いや、白浜薫は言ったのだった……。

5

「天国と地獄」

と、藍は呟いた。

別に幽霊のことを言ったのではない。もっと現世の話——今にも潰《つぶ》れそうなバラックと、大邸宅とまではいかないまでも、真新しく建てたばかりの、一戸建庭付きの住宅。

かつては同じ工場で、同僚として働いていた二人である。

しかも、その二軒の家は、ほんの数百メートルの所にある。

白浜薫の父親、白浜作造《さくぞう》は第一組合の委員長として、あくまで工場閉鎖に反対した。

そして、組合員が次々に抜けていく中でも、

「委員長は最後まで残る」

と言い張って、結局ただ一人、辞表を出して去った。

もちろん次の仕事など捜してもらえず、白浜作造は失業者の状態が長く続いた。組合としての闘争の敗北、息子の自殺、という二つの痛手がこの父親から生きる気力を奪ったことは当然だろう。

さらに、息子の死の二年後、三回忌をすませ、白浜の妻が同じ池に身を投げて死んだ。

それからは、白浜作造は一人で荒れ果てた小さな家に住み、時々働きに出るものの、今はすっかり老《ふ》け込んでしまったという。

藍は先に白浜作造の家を訪ねてみたのだが、返事もなく、その傾きかけたような家の中には人の気配はなかった。

そして、結城直道《なおみち》の家へ回る。——白浜薫と心中したはずの、結城知美の両親が住んでいる。

会社側の第二組合委員長をつとめた結城は、今本社の部長で、〈重役待遇〉だ。

藍がその家の前にやって来ると、ちょうど黒塗りのハイヤーが門の前に停った。

運転手が後部座席のドアを開けると、白髪も大分薄くなった三つ揃《ぞろ》いのスーツ姿の男が降りて来た。

「お疲れ様でした」

と、運転手が言った。「明朝もいつもの時刻でよろしいでしょうか」

「うん……。明日は三十分遅らせてくれないか。朝は、どうも胸やけして困る」

「かしこまりました」

男が門柱のインタホンで中を呼んでいる間に、ハイヤーは走り去った。

藍はいいチャンスと歩み寄って、

「結城直道さんでいらっしゃいますね」

と声をかけた。

相手は警戒するように藍を見て、

「何だね、君は？」

と、突き放すように言った。「こんな所でいきなり声をかけるのは失礼だろう」

「突然で申しわけありません」

と、藍は言った。「お嬢さんのことで伺いたいことが……」

「君もマスコミの人間か！」

と、結城は顔を真赤にして怒り出した。「死んだ人間のことを今さら何だというんだ！　放っといてくれ！」

インタホンから、

「あなた？　どうしたの？」

と、夫人らしい声。

「何でもない。開けろ」

門が電動でゆっくりと開く。結城は素早く門の中へ消えようとした。

「待って下さい！　私、バスガイドなんです。あの霊心寺へいつも同行してるガイドです」

結城が振り向いて、

「君のバス会社のせいで、何年も前の出来事をほじくり返す者がいくらも出て来る。死んだ人間をそっと眠らせといてやれんのか！」

と、怒鳴った。

「結城さん――」

「大体バスガイドが何の用だ？　私に一緒に行って記念撮影にでもおさまれと言うのか？」

そこへ、

「あなた、どうしたの？」

と、家の中から夫人が出てくる。

「百合子《ゆりこ》、中へ入ってろ！」

「でも……」

結城が門扉《もんぴ》を閉めようとする。

「待って下さい！　白浜さんが知美さんに会いたいと言ってるんです」

と、藍が叫ぶように言うと、結城の手が止った。

「――何と言った？」

「白浜薫さんが、知美さんに会いたいと」

「気でも狂ったのか？　娘は――」

「でも、一緒にお墓に入っているのは別の女性のお骨だと。知美さんと一緒にしてくれとおっしゃってるんです」

百合子が真青になって夫へしがみつく。

「何を言ってるか、分ってるのか？」

と、結城は藍をにらんで、「女房が怯《おび》えてる。何が目当てだ！」

「申しわけありません」

と、藍は言った。「私は、霊と話をすることができるんです。そういう体質なので」

「体質？」

「お信じにならなくてもご自由です。ただ、今白浜薫さんの霊が、ある女の子にとりついています。知美さんのことで、納得しない限り離れないでしょう」

藍は、結城の険しい視線を何とか受け止めながら、「教えて下さい、あの墓に入っているのは、本当に知美さんですか」

「当り前だ」

結城は門扉を力をこめて閉めた。ガシャン、と大きな音が響き渡る。

「二度と来るな！　今度そんな言いがかりをつけたら、警察を呼ぶぞ！」

結城は門越しにそう言うと、妻の肩を抱いて、家の中へと入って行った……。

「——誰だ？」

と、白浜作造は言った。

しかし、そう言うだけで、体を起そうとはしない。面倒くさいのだ。

いや、誰が来たのか見るだけなら、起き上る必要もない。寝返りを打てば、目と鼻の先に玄関の上り口があって、玄関の戸を開けたのが誰か、目に入るはずなのである。

だが、今の白浜にはそれをすることさえ、面倒だった。

どうせ大した奴《やつ》が訪ねてくるわけはない。——こんなあばら家に泥棒だって強盗だって押し入るものか。

もし、よほど近眼で、イカレた泥棒が入って来たとしても、何一つ盗《と》っていくものなどない。腹いせに、白浜を殺していったとしても——構やしない。

却って面倒がないってものだ。

「何か用か……」

今何時なのだろう？——暗いから夜か。それとも目が見えなくなっているのか。

それでも、誰かが中へ入って来て、上り込み、そばへ寄って来たことは分った。

「おい……返事くらいしろ」

と、少し腹が立って、白浜が言うと、

「何てざまだよ」

と、その誰かが言った。

白浜は、ちょっとドキリとした。——どこかで聞いたことのある言い方だった。

「ああ？」

白浜は、少し体をねじって、顔を上げた。

薄暗い中だったが、窓から街灯の光が射して、その少女の顔を照らしていた。

「何だい？　何か用か」

「汚ねえ家だな。——前は几帳面《きちようめん》で、ゴミ一つ落ちてても、気になって眠れなかったじゃねえか」

少女の声だ。しかし、口のきき方は……。

「誰かね、あんたは？」

白浜は布団に手をついて、やっと上体を起した。

「誰でもいいよ」

と、少女は肩をすくめて、「誰だって、こんな家に来たいなんて思わないぜ」

白浜は自分でもびっくりするほどの勢いで起き上った。

今の肩のすくめ方、そしてその後にちょっと首をかしげる素振り。——それは、死んだ薫とそっくりだ。

「あんたは……」

「あんた、か。——そんな呼び方してなかったぜ」

と、少女はすり切れた畳にあぐらをかいた。

「女の子なら、ちゃんと『お嬢さん』って呼んでたもんだ。そうだろ？　自分の女房だって、『お前』なんて言わなかった。『奥さん』って呼んでた」

白浜は青ざめて、体が震え出しそうになるのを、何とかこらえた。

「薫……。薫とそっくりだ、その話し方……」

「おや、気が付いたか」

と、少女は笑った。「もうすっかりボケちまって、本人の格好で現われても、『どちらさんですか』って訊かれるかと思ったぜ」

白浜は呆然《ぼうぜん》として、

「どういうことだ……。これは夢なのか？」

と、独り言のように呟いた。

「夢ならいい、ってのはこっちのセリフだぜ」

と、少女は言った。「親父《おやじ》が——あんなに人望があって、誠実に生きてたのが……。今じゃ何をして食ってる？」

「俺は……一人になった。女房もいない。息子もいない。今さら頑張ってどうなる？」

と、白浜はかすれた声で言った。

「どうなるかな」

と、少女は言った。「親父は俺が死んだとき、怒鳴らなかったかい？『生きてさえいりゃ、どんなことでもできるんだ』って。——違うか？」

白浜は、涙にくもった目で少女を見つめた。

「薫……。帰って来たのか」

「俺はこの子の体を借りてるだけさ。でも、こんな親父なんか見るんじゃなかったぜ」

少女は立ち上った。

「薫！――待ってくれ！」

白浜が、玄関へ出て行く少女を追いかけようとして、立ち上り、すぐによろけて転んだ。

「あばよ、親父さん」

と、少女は振り向かずに、玄関の戸を開けた。「せいぜい身の不運を嘆いて生きるんだな」

「薫！――薫！」

白浜は必死で起き上ると、玄関へ出た。

「待ってくれ！」

ボロボロになったサンダルを引っかけようとして、白浜はつんのめった。辛《かろ》うじて転ばずにすんだが、サンダルをけとばし、裸足《はだし》で外へ出ると、

「薫！」

もう足早に行ってしまおうとする少女の後ろ姿へ呼びかける。

街灯の明りの下、少女の姿がどんどん遠ざかっていくのを見ていた白浜は、

「畜生、待て！」

と、叫ぶと駆け出した。

そして、喘《あえ》ぎながら、それでも必死で走り続け、

「勝手なことばかり言いやがって！――自分は何だ！　若い娘と心中なんかして、この親不

孝者が！　お前なんかに……お前なんかに意見される覚えはないぞ！」

と、喚《わめ》き散らした。

「殴ってやる！――けとばしてやる！　待て！――こいつ、待て！」

胸が苦しくなったが、それでも必死に走った。

ついに足が前へ進まなくなって、転ぶと、もう起き上れない。

汗だくになって、道路に大の字になって引っくり返ると、

「薫の奴……。畜生、もう一回出て来い！　親を馬鹿にしやがって！――許さねえぞ！」

と、かすれた声で騒いでいる。

通りがかった人が、酔っ払いかとジロジロ見ながら、足早に逃げて行く。

白浜は、夜空を見上げて泣き出した……。

――その白浜から、ほんの十メートルほどの暗がりに、ルリ子――薫と藍は立っていた。

「大したもんだ」

と、ルリ子は言った。「ここまでどれくらい走った？」

「一キロはあるわよ」

と、藍は言った。「ちゃんとついて来たもの。体力はまだある」

「うん」

と、ルリ子は肯いた。「これで、ちっとはやり直す気になったかな」

「私が様子を見に来るわ」

「頼むよ」

と、ルリ子は藍に言った。「ありがとう。——あんたのおかげだ」

「どういたしまして」

藍は微笑《ほほえ》んで、「いつも〈すずめバス〉がお世話になってます」

と言った……。

6

「あなた……」

と、百合子は夫へ鞄《かばん》を渡しながら、「ゆうべのこと……」

「もう忘れろ」

と、結城は厳しい表情で、「あんな迷い言を本気にするのか」

「でも、あのバスガイドさんは、薫さんが——」

「それ以上言うな！」

結城直道は玄関を出て、鞄を受け取ると、

「——行ってくる」

と言った。

「行ってらっしゃい……」

百合子は、門の所まで見送りに出た。

ハイヤーが待っている。

「——何だ、運転手が違うな」

「身内に不幸がございまして」

と、運転手はドアを開け、「今日だけ代らせていただきました」

「そうか」

結城は車に乗り込んだ。

「——よろしくお願いいたします」

車が走り出すと、結城は少し考えていたが、

「おい、その先を左へやってくれ」

「はあ」

「ちょっと、出社の前に寄っていく所があるんだ」

ハイヤーは、結城の言う通りの道を辿《たど》って、

「——こちらは、元の工場のあった方ですね」

と、運転手が言った。

「うむ……。黙ってやれ」

「失礼しました」

ハイヤーは、田舎の古びた家並みの途中で停り、

「——ここで少し待ってろ」

と、結城が車を降りる。

わき道へ入ると、結城は小さなコンビニを見付けて、少しびっくりした様子だったが、その自動扉から中へ入った。

レジの女の子が退屈そうに週刊誌を読んでいる。

「いらっしゃいませ」

棚に品物を並べていた、でっぷり太った中年の女が、エプロン姿で立ち上り、「——まあ、これは」

と、目をみはった。

「いつから、こんなコンビニに?」

と、結城は店の中を見回した。

「去年からです。雑貨屋じゃやっていけず、思い切って……。ご存知なかったんですか?」

と、意外そうな女に、

「どうしてだ?」

「あの……そのとき、奥様にお願いに上ったんです、亭主と二人で。——お金がどうしても足りなくて」

「金?——百合子が金を?」

「はあ。頼みを聞いて下さいまして、三百万ほど……」

結城は眉《まゆ》を寄せて、

「そうか……」

「あの——申しわけありません！　奥様のご親切で……」

「いいんだ」

と、結城は首を振った。

「はあ……」

「いいんだ」

と、くり返し、「——それでうまくやってるんだな」

「はい」

「じゃあ、良かった」

結城は肯いて、「——良かった」

と、店の中をもう一度見回した。

そして、

「ところで、最近、ここへ娘さんのことを訊きに来た者はいないかね」

と訊いた。

「娘のことを？　いいえ、誰も」

「そうか」

「あの……何か問題でも？」

「いや、何でもない。——誰かそんなことを訊きに来たら、知らせてくれ」

「かしこまりました」

結城はそのコンビニを出ると、ハイヤーへと戻った。

「——戻って来た。切るぜ」

運転手は、結城の姿を見て、携帯電話へ言った。

「ありがとう、君原さん」

と、藍が言った……。


結城百合子は、タクシーを降りると、その小さな家へと入って行った。

——タクシーを尾行して来た藍は、車を停《と》めて、

「どうやら、あれですね」

と言った。

「うん」

助手席のルリ子が肯く。「どうしようか」

「今さら何を言ってるんですか。——ここで迷うなんて」

「分ってる。分ってるけど……」

「会いたかったんでしょ、知美さんに？」

「もちろん」

「じゃ、会うんです。いつまでも、あなたの気だけが残ってしまう」

ルリ子は、じっと眉を寄せてその家を眺めていた。

「——分った」

「じゃ、行きましょう」

車のエンジンを切ると、藍は外へ出た。

ルリ子と二人、その家の玄関へと向う。

——ルリ子が青ざめ、緊張しているのが分った。

藍は、ルリ子を見て、

「いいですね？」

と、念を押した。

ルリ子が肯く。

藍は玄関のドアを叩《たた》いた。

二度、三度叩くと——ドアが開いた。

目の前に、百合子が立っていた。

「あなたは……」

「昨夜伺ったバスガイドです」

百合子が息をのんだ。

「失礼ですが、後をつけさせていただきました」

ルリ子が進み出て、

「知美は生きてるんですね」

と言った。

百合子が後ずさって、

「あなたは――」

「薫です。――白浜薫」

百合子はよろけて上り口に座り込んだ。

「知美はどこです！」

と、ルリ子がつめ寄る。

そこへ、

「どうしました？」

と、出て来たのは、がっしりとした大柄な女性で、エプロンをつけていた。

「いいの。――いいのよ」

百合子は何とか立ち上ると、「――こんなことが起るのね」

「会わせて下さい」

百合子は息をついて、

「――分りました」

と言った。「上って下さい」

藍は上って、

「やっぱり知美さんは助かったんですね」

「ええ……」

百合子は肯いて、「こっちへ……。溺《おぼ》れていて、意識はなかったけど、ともかく家へ運んで必死で手当てしました」

「それで？」

「主人が言い出しました。『ここで一方だけ死んだとなると、また組合の方がガタガタになる』と……。薫さんは、第一組合の委員長の息子だったものね」

「それで死んだことに」

「ええ。——ちょうど、昔から知っていた雑貨屋の娘さんが、急に亡くなったんです。天の助けと思いました。そのご夫婦にお金を渡し、知美の代りにその娘さんの遺体を……」

百合子は口ごもった。

「分ります」

と、藍は言った。

「早々に火葬にして、お骨を同じ墓へ入れました」

と、百合子は庭へ出る戸を開けた。

芝生に車椅子が出て、若い娘が一人、日に当っていた。

「——知美」

と、ルリ子が言った。

百合子は両手を前に組んで、

「薫さん。あなたはこの世に心を残してそうして生きている。でも、知美は……」

「――ルリ子は知美に近寄り、

「知美……」

と、呼んだ。「知美。――僕だ」

知美の目は何も見ていなかった。――ただ見開いているというだけだ。

表情の消えた空《うつ》ろな顔は、二十四とは思えないほど白くなってしまった髪と共に、すっかり老け込んだ印象を与えた。

「知美！」

ルリ子は知美の傍《かたわら》へひざまずいて、その手を取った。

「――何も言わず、何も見ていません」

と、百合子は言った。「お医者様は、どこも悪くないとおっしゃるんです。でも、五年間、このままでした」

「そうですか」

「薫さん。――あなたは私たちを恨んでいるかもしれないけど、私たちもあなたを恨んでいるんですよ」

と、百合子が言った。「あなたは――この子の魂を持って行ってしまった！」

ルリ子は、知美の手を取って頰《ほお》に押し当てると、すすり泣いた。

藍は息をついて、

「さあ……」

と、ルリ子の肩を叩いて、「行きましょう。これで満足？」

「満足なわけがあるか」

ルリ子は立ち上ると、涙を拭《ぬぐ》って、「そうだったのか……」

と、呟くように言った。

「もう、そっとしておいて」

と、百合子が涙ぐむと、

「申しわけありませんでした」

と、ルリ子は頭を下げた。「僕と会わなきゃ、知美もこんなことにならずに……」

それ以上言わずに、ルリ子は駆け出して行った。

藍があわてて追いかけると、ルリ子は道に出て、何かに堪《た》えるように立っていた。

「――ね、もう分ったでしょ」

と、藍は言った。「ルリ子さんを、ご両親へ返してあげて」

ルリ子は振り向くと、

「今夜、もう一度連れてってくれ」

と言った。「あの馬鹿げたツアーに」

7

「こちらでお降り下さい」

と、藍はバスを降りて、乗客を案内した。

——今日はどこか違う。

藍は、霊心寺の山門を見上げた。

なぜか、あの荒れ果てていた山門が、少しきれいになっているように見える。

「——どうしたんだね？」

と、笹田が言った。

「あ、先生……。いえ、何でもありません」

笹田は、すっかり有名人で、今日のツアーの客からも、車中でサインを求められたりしていた。

「今夜、何か起りそうです」

と、藍は言った。「先生、用心して下さいね」

「なに、君がいれば大丈夫。——君は幽霊のお気に入りだ」

と、笹田は笑って藍の肩を叩いた。

藍の方は面白くも何ともない。

バスは、四十人、ほぼ満席。――最後に、ルリ子が降りて来た。

「では、参りましょう」

と、藍は先に立って歩き出した。

――墓地は、いつもと変らないように見えた。

「こちらです。――どうぞご自由に」

藍も大分やけになっている。

ツアー客たちは、

「まだ出ないな」

「どこに火の玉が？」

と、キョロキョロしている。

藍も、今夜はそういう霊気を感じない。

どうしたんだろう？――ルリ子の方を振り向くと、姿が見えない。

十五分、二十分とたつと、

「おい！　どうなってるんだ！」

と、文句を言い出す客もいた。

「恐れ入りますが、こればかりは……」

と、藍が謝っても、

「金を返せ！」

「これじゃインチキだ！」

と怒り出す客もいる。

時間通りに出たら、その方がよほどインチキだろうが……。

しかし、結局、一時間近く待っても、何事も起らなかった。

「こういうこともあります」

と、笹田が弁明している。「人間の都合に合せて出てはくれないのです」

客は渋々墓の写真を撮ったりして、

「つまらねえ」

と、ブツブツ言いながら、「何か出て来い、こら！」

バスの中でビールを飲んで酔っていた客だった。

手近な墓石を、けとばしたのである。

「やめて下さい！」

と、藍はびっくりして、「そんなことを――」

「たたってみろってんだ！」

と、その男は調子に乗って、その墓石を足でぐいぐい押して、ついに引っくり返してしまった。

「やめなさい！」

と、藍は言った。

「何だと！　客に向ってその言い方は何だ！」

と、男は喚いた。

他のツアー客たちも集まって来ていたが——。

藍はヒヤリとした。冷たい空気が墓地を満たし始める。

来た……。

「あ……」

と、客の一人が言って——青くなった。

誰もが口をつぐんでしまう。

「何だ、どうした？」

と、酔った男はみんなの顔を見回した。

その男の肩に——後ろから白い手がかかっている。

誰もいないのだが、白い手だけが、男の肩をそっとなでていく。

みんなが言いたくても言葉に出せないで、その様子を見守っていた。

「おい、どうしたっていうんだ？」

男がけげんな顔で言った。

「早くここを出ましょう！」

と、藍は言った。

今夜はいつもと違う！——藍は危険を感じた。

酔った男が急に苦しそうに喘いだと思うと――両手で首の辺りを押え、

「助けて……」

と、かすれた声で言って、その場に倒れた。

白い手が、生きもののように地面を這《は》って素早く草のかげに消えた。

「先生！」

藍は笹田を呼びながら、その男へ駆け寄って、抱き起そうとしたが、「――死んでる」

ぐったりとした体は、全く反応がない。

客たちが悲鳴を上げて逃げ出した。

「――お願い」

藍は、墓地の中へと呼びかけた。「もうやめて！」

すると突然、倒れていた男が、見えない糸に操られているように立ち上った。

「無縁仏をないがしろにする者は、自らも忘れ去られる」

と、男が言った。

が、男の声ではない。

「分りました。申しわけありません！　でも、他のお客は許してあげて！」

藍は、ゾッとした。自分の肩に、白い手がのっていたのだ。

「――待って」

と、声がした。

ルリ子だった。

「ルリ子さん……」

「その人は、僕たちの仲間だ」

と、ルリ子は言った。「もう二度とここへ来るな」

「はい……」

「この寺は……滅びる。それでいいんだ」

「薫さん。——ルリ子さんは？」

ルリ子は笑うと、

「よく人のことを心配してられるな」

「私はバスガイドです。お客様の身の安全に責任があるんです」

と、藍は言った。「お願い。ルリ子さんを返して」

「分ってるとも」

ルリ子は藍の手を取った。「——後をよろしく」

「はい……」

突然、ルリ子の体がぐったりと崩れ落ちた。

「ルリ子さん！」

藍が抱え起すと、甲高《かんだか》い悲鳴のような音が墓地に響き渡った。

あの墓石が——心中した二人の墓石が、真直ぐ二つに割れて行った。

そして、冷気が一度に白い塊となって、その墓へと吸い込まれて行った。

「——ルリ子さん」

と、藍が呼びかけると、ルリ子がキョトンとした顔で、

「ここは？」

と訊いた。

良かった！

「出ましょう！」

ルリ子を抱きかかえるようにして、山門へと急ぐ。

バスの前で、客たちが固まって青くなっていた。

「もう大丈夫です。——乗って下さい」

君原が出て来て、

「どうしたんだ？」

「一人、お客様が倒れたの。——発作だと思うわ」

と、藍は言った。「戻って、連れて来ないと」

「よし、俺も行く」

二人が山門を入ろうとすると——ヒューッと風の鳴る音がして、何かがバスの前に落ちて来た。

客たちが目を丸くしている。——そこには、あの酔った男性客が大の字になって倒れてい

た。

丸裸だった。――藍が近寄ると、男は突然、

「ハクション!」

と、凄いクシャミをしたのだった……。


「――お帰りなさい」

バスが社へ戻ると、常田エミが出迎えてくれた。「お客様」

「私に?」

藍がバスを降りると、少し離れて立っていたのは、結城百合子と、そして知美の二人だった。

「まあ……」

藍は思わず駆け寄って、「戻ったんですね、意識が!」

「ありがとうございました」

と、百合子が涙ぐんで、「おかげさまで、あの夜、ふっと私を見て、『お母さん』と言ったんです」

「そうですか」

藍は肯いて、「薫さんのお墓へ――」

「今、行って来ました」

と、知美が言った。「一緒に、私の代りに入っていた方の分も、きちんともう一度、弔《とむら》ってさし上げます」

「そう。それでいいのよ」

藍は微笑んだ。

――あのツアーはあれきりで終った。

今は相変らず人の集まらないツアーばかりで四苦八苦しているが、あれで稼いだせいか新しいバスを一台買うことになっている。

もっとも、社員一同は、

「給料を上げろ！」

と、要求しているのだが。

母娘《おやこ》の姿を見送って、藍は、

「ね、ちょっと」

と、話しかけた。「給料上げないと、たたるぞって社長をおどかしてくれない？」

神隠し三人娘

1

「ほらほら！　ね、あなた！」

と、真由美《まゆみ》が呼んだ。「早く見て！」

「——何だ？」

風呂上り、冷たいビールを冷蔵庫から取り出していた野辺茂一《のべしげかず》は、「お前も飲むか？」

と訊《き》いた。

「ビールなんかいいから！　ほら、早く来て！」

何ごとだ？——野辺はグラスを二つ持って、居間へ入ると、

「TVか。何をそんなに騒いでるんだ？」

「見て。右から二番目のご夫婦。——分る？」

クイズ番組らしい。スタジオに何組かの夫婦が呼ばれて、解答を競うのだろう。

「どうかしたのか？」

と、ソファに腰をおろす。

「見てて。——ほら、アップになった」

映し出された夫婦を見て、

「――ああ。あの奥さん、お前の友だちじゃないか」

「そうよ！　冴子《さえこ》。間島《まじま》冴子。憶《おぼ》えてる？」

「憶えてるよ。いつかうちへ泊りに来たじゃないか。いつ結婚したんだ？」

「去年よ。地方に行ってたから、式も向うでやったの」

「そうか。――飲むだろ？」

「うん」

野辺は真由美の前に一つグラスを置いてビールを注《つ》いだ。

「――上尾《かみお》さんご夫婦、正解です！　着々とポイントを稼いでますね！」

と、司会者が声を上げた。

「上尾っていうのか、今」

「そう。旦那さんは確かあなたより少し上。四十になったくらいじゃない」

「老《ふ》けてるな」

「髪が薄いせいでしょ。悪いわよ、そんなこと言っちゃ」

「向うにゃ聞こえないさ」

――野辺茂一は三十八歳。妻の真由美は三十四である。

今年五歳になる一人娘、香《かおる》は、もう布団に入っていた。

今TVに映っている冴子は真由美の学生時代の友人だから同じ年齢《とし》だろう。夫が少し老けて見えるので、冴子が却《かえ》って若く見える。もともと顔立ちも華やかで、着ているものも派手だ。

その辺は野辺の記憶と変っていなかった。

クイズの問題は、歴史や一般常識から、今のヒット曲まで幅広いが、上尾はよく正解して得点を重ねていた。

「なかなか物知りだな」

と、野辺は感心して言った。

「ねえ。冴子ってちっとも勉強しなかったのよ。だから全然分ってない」

確かに、答えているのは専《もっぱ》ら夫の方。唯一、冴子が正解したのは、芸能人のスキャンダルのネタだった。

「おめでとうございます！　上尾様ご夫婦がみごと優勝！」

くす玉が割れて、金銀の紙吹雪《かみふぶき》が二人に降り注いだ。

温泉旅行の宿泊券だの、電気製品だの、あれこれ賞品をもらって、

「さて、優勝したご夫婦に、おなじみ〈ミスター・ペット〉が催眠術をかけて、お二人の秘密を訊き出すというコーナーです！」

野辺は眉《まゆ》を寄せて、

「何だ、これ？」

「催眠術よ。やらせでしょ、きっと。でも面白いのよ」

と、真由美は言った。「この前なんか、ご主人が『先週の出張は、本当は隣の奥さんと旅行してたんだ』って白状しちゃって大ゲンカ」

「やれやれ」

野辺は苦笑いした。

ＴＶには、珍妙なマジシャン風の衣裳《いしょう》をつけた、うさんくさい〈催眠術の大家〉が現われていた。

夫婦のどちらかに催眠術をかける、ということになって、冴子は、

「私、絶対いや！」

と拒んだ。

「ではご主人の方で。——よろしいですね？」

「はあ……」

上尾は当惑顔だった。その表情から、こんなことをさせられると知らなかったのだろうと察せられた。

「催眠術をかけられたことはおありですか？」

と、司会者に訊かれて、

「いえ、ありません」

「かかりやすい方だと思いますか？」

「さあ……」

と、首をかしげている。

「では、やっていただきましょう！　〈ミスター・ペット〉、お願いします！」

否《いや》も応もない。

スタジオの照明が落ちると、上尾一人にスポットライトが当る。

「カメラの方をご覧下さい！」

と言われて、また生真面目《きまじめ》に上尾はじっとカメラを見つめた。

カメラの前に、〈ミスター・ペット〉とやらの手が出て、鎖のついた懐中時計をゆっくりと左右へ揺らし始めた。

「よく見て下さい……。時計を目で追って。同時にチクタクという音を聞いて下さい……。はい、段々あなたの瞼《まぶた》は重くなる……」

——上尾が徐々に目をつぶっていく。

「へえ、本当にかかってるみたい」

と、真由美が言った。

「元役者か何かかもしれないぞ」

と、野辺は言った。

「——かかりましたね。——上尾さん、聞こえますか？」

少し間を置いて、上尾が、

「はい……」

と答える。

「奥様の冴子さんと最初に出会ったとき、どう思われましたか？」

司会者の問いに、上尾は少し頭をかしげて、

「何だか……可愛いけど、頭の悪そうな女だなと……」

スタジオの中に笑いが起る。冴子が、

「ひどいわね！」

と、口を尖《とが》らしている。

「奥様とは初夜まで清い関係でしたか？」

野辺はふき出しそうになった。

「ひどいことを訊く奴《やつ》だな！」

「しっ！」

真由美がじっと身をのり出している。

「——いえ、三回目のデートで、彼女の方がホテルに誘って……」

冴子が真赤になっている。どうやら事実らしい。またひとしきりスタジオが笑いに包まれた。

「いや、正直にお答えいただいて！」

司会者は大喜びしている。「みごとに催眠術がかかりましたね。では、最後の質問です！奥さんと結婚される前に付合っておられた女性の名前を憶えていますか？」

「はい……」

「名前を言ってみて下さい」

上尾は深く息をつくと、少し考えている様子だったが、

「じゅん子……とも……さとみ……」

と、三つの名前をあげた。

「三人ですか！　奥さん、ご存知でしたか？」

「いいえ」

冴子が少々仏頂面になっている。

「では、眠りからさめていただきましょう！」

野辺は、催眠術師の合図で上尾が目を開け、同時に照明が一斉《いっせい》について、拍手が起るのを見ていた。

上尾の困惑した表情は、どう見ても本物だった。

「――奥さん、いかがですか？」

と訊かれて、冴子は何とか笑顔を作り、

「すんだことですから、許します！」

と答えた。

拍手と音楽が高まって、画面はCMに変った。

「今の、どう見ても本当にかかってたわね！」

と、真由美が面白がっている。「電話してやろう、冴子に」

真由美は自分のグラスのビールを一気に飲んだ。

「――おいしい！　あなた……。どうしたの？」

野辺はじっとTVを見つめていた。

「あなた。――あなた？」

野辺がはっと我に返ったように、

「うん。――どうした？」

「何よ、ぼんやりして。あなたも催眠術にかかったの？」

「いや、違うよ」

野辺はビールを一口飲んで、「ちょっと考えごとしてたんだ」

「面白かった！　私、お風呂に入ってくるわね……」

真由美の声が遠ざかる。

野辺の頭の中を、たった今聞いた、あの上尾の声が駆け巡っていた。

じゅん子、とも、さとみ……。

上尾はそう言った。

聞き間違いではない。――じゅん子、とも、さとみ。

偶然か？　しかし、そんなことがあるだろうか。

江口《えぐち》順子。園田《そのだ》朋。関本《せきもと》さとみ。

あの三人と、全く同じ名だ。

名前だけではない。順序もだ。

野辺は、ビールの味などまるで分らなかった……。

2

「この神社では」

と、町田藍は言った。「戦後の五年間で、七人の子供が姿を消したと言われています」

姿を消したといっても、戦後の混乱期、戦争が孤児を生んで、その子たちが神社の中で寝起きする内、ある朝、ふと気付くと一人いなくなっている……。

どうなったのか、誰《だれ》も知らない。

誰かが、「うちの子に」と連れて行ったのか。それとも、自分から出て行ったのか。

「当時は〈神隠し〉にあった、と言われて騒がれたそうです」

夕方——もう大分薄暗い。

遊ぶ子の姿もない、さびれた神社の境内《けいだい》へ、町田藍は十五人の客を案内して来た。

「——どことなく無気味ね」

「何か感じますね……。じっとりしたものを」

藍は、

「皆さん、一人にならないようにして下さい。帰りに一人足りない、なんてことになると、私、クビです」

と笑わせた。

――町田藍は、二十八歳のバスガイド。

〈すずめバス〉という、弱小観光バス会社で働いている。

まともな企画では、とても〈すずめ〉は〈はと〉の敵ではない。アイデアで勝負、というわけで……。

前に「幽霊の出るお寺」で当てたので、社長の筒見が新しく考え出したのは、〈神隠しにあう場所巡りツアー〉。

もちろん、藍が言い出したわけではない。やりたくもなかった。

でも、やはり「生活」というものがかかっていると、多少は妥協《だきよう》も必要である。

こんな晩秋の、客の落ち込む時期に十五人集まれば上々。――藍は気の進まないまま、この神社へやって来た……。

「ここで、最近もあったでしょ」

と、客の一人、こういう話の大好きな女子大生が言い出した。

これは言いたくなかったが、客が言い出したら仕方ない。

「はい。――今から二年前、十一月の、ちょうど今日です。当時九つの中村亜利沙《なかむらありさ》ちゃんが、この神社の境内から姿を消しました」

「憶えてる！　賞金まで出して探してたな」

「でも、結局、何の手がかりもなかったんですね」

　他の客も思い出したのだ。

「ね、その亜利沙ちゃんがいなくなったのはどの辺？」

　藍はため息をついて、

「この奥です。――ご案内します」

　と、先に立つ。

　みんな、最近の事件の方が生々しくて興奮している。当然ではあるが、藍としては、消えた子の親の嘆きを思うと、「こんなことで商売していいの？」と考えてしまう。

　――空気がひんやりと湿っている。

　池のほとりに出た。

「亜利沙ちゃんは、境内で遊んでいて、ちょっとお母さんが目を離した隙《すき》に、木立ちの間へ入って、この池の辺りまで来たのです」

　と、藍は、重く淀《よど》んだ池を指して、「お母さんが、『遠くへ行かないで』と言いながら追って来て――ここへ来ると、娘の姿はなかったんです」

「池にはまったんじゃ？」

「当然、そう考えて捜索しました。でも、死体はなかったのです」

「――あれ、もう二年たつ？　ついこの間みたい」

客たちがしきりに写真を撮《と》る。

藍は、早くその神社を出たかったが、客をせかすわけにもいかない。

「バスガイドさん！　一緒に一枚！」

中年のおじさんで、この手のツアーの常連だ。

お得意様相手に「いや」とも言えず、藍はそのおじさんと並んで池のそばに立った。

他の客が頼まれてカメラを構える。

「撮りますよ……」

シャッターが切れると同時にフラッシュの光をまともに見て、藍は一瞬目がくらんだ。

「——皆さん、暗くなって来ました。足下《あしもと》に気を付けて下さい！」

と言いながら、池から離れる。

目を開けると、フラッシュライトの白い残像が視界を覆《おお》っている。

もう帰らなきゃ。——人の不幸を売物にしているのは辛《つら》い。

藍は目をこすって、暗い木立ちの方へ顔を向けた。

残像の白い影は、フワフワと漂うように形を変えて……。

それが少女の姿になった。

そして、その少女は真直《まっす》ぐに藍を見て、

「迎えに来て」

と言ったのだ。「迎えに来て……」

あの子だ！　亜利沙ちゃんだ！

ピンクの服、赤いリボン。──行方不明になったときのままだ。

亜利沙ちゃん……。どこにいるの？

「迎えに来て……」

かぼそい声が消えていく。「私……待ってる……」

待って！　どこにいるの？

亜利沙ちゃん！──藍は思わず、

「亜利沙ちゃん！」

と、声を上げていた。

そして何か聞こえた。──少女の姿が消えてしまう寸前に、何か言うのが聞こえたのだ。

でも、何という言葉だったのか……。

「──ガイドさん、大丈夫？」

客がみんなポカンとして藍を見ている。

ハッと我に返って、

「すみません！　何でもないんです。皆さんバスの方へ──」

「何か見たんだね？」

と、常連客が言った。「このガイドさんは、前にも幽霊と出会ってるんだ。そういう能力があるんだよ」

「まあ！　何を見たの？」

「教えて！」

みんなに取り囲まれて、藍は動けなくなってしまった。


「——そりゃご苦労さん」

と、運転しながら、君原志郎が言った。

「ちっとも同情してるように聞こえない」

「してないよ」

「もう！」

と、藍はふくれっつら。

あの池のほとりで、乗客に問い詰められ、藍は亜利沙らしい女の子を見た、としゃべらされてしまった。

「いいじゃないか。見ろよ、みんな大喜びしてる」

十五人の乗客たちは、みんな興奮した様子で、今の神社で撮った写真やビデオを見て騒いでいる。

ビデオはカメラの液晶モニターで見られるし、デジタルカメラも撮った画面をすぐ見ることができるので、たちまち話が盛り上るのだ。

「——これで帰るだけね」

と、藍はホッとして言った。

運転手の君原は、クールな二枚目で、彼がいるから辞めないというバスガイドもいるくらいだ。

「しかし、本当に何か見たんだろ？」

と、君原が言った。

「やめてよ。早く戻りましょ」

藍は霊感が強く、確かに色んなものを見ることがある。――他人にとっては面白いかもしれないが、本人は迷惑なことばかりだ。

「おかしいな」

と、君原が言った。

「どうしたの？」

「ここ、さっき通らなかったか？」

藍はすっかり暗くなった外の風景を見て、

「あ、今の所入ると、さっきの神社」

「だろ？――妙だな。同じ所、グルグル回ってる」

君原は首をかしげて、「そんなわけないのに……」

藍は、さびれた感じの町並をじっと見ていた。

「――この看板、さっき見たわ」

漬物《つけもの》の店なのだろう。大きなかぶと大根の絵が描いてある。

「ここを左……。これで、信号を右へ曲れば、国道へ出るはずなんだ」

「そうね……」

君原がしっかりとハンドルを切る。

バスは、少し暗い通りを抜けて——。

「——見て！　まださっきの所！」

神社への入口が目に入った。

「おい、やばいぜ。——朝までこうやってるのか？　何とかしろよ」

「私のせいじゃないわよ」

チラッと乗客の方を見たが、幸い、みんなおしゃべりに夢中だ。

「気付かれたら大変だわ」

「参ったな！」

また、あの「かぶと大根」の看板が見えた。

「行くぞ。——左へ曲って……次を右！」

バスはまた暗い道へ入り、そして——。

「まただ！」

君原は首を振って、「しょうがない。今度は違う道を行こう。ともかく、この堂々めぐりから抜け出さないと」

「待って！」

と、藍は言った。「バスを停《と》めて！」

「何だい？」

「いいから、停めて！」

バスが停《とま》ると、ライトの中に、あの看板が浮かび上る。

かぶ……。かぶ……。

さっきの少女の幻は、消えるとき、「かぶ」と言ったのではなかったか。耳に残った響きが、突然、はっきりと言葉になった。

「待ってて」

藍はバスを降りると、もう戸を閉めたその漬物屋の前に立って、店の正面、二階の部分をスッポリ隠している大きな看板をじっと見上げた。

――藍はバスへ戻った。

「どうしたんだ？」

「君原さん、悪いんだけど……」

「何だよ」

「ハンドル、切りそこなって」

「何だ？」

「あの漬物屋の店へ突っ込んでほしいの」

君原は目を丸くして、

「正気か？」

「分んないけど、本気」

「そんなことすりゃ、クビだぜ」

「私が一生養ってあげる」

君原は呆《あき》れた顔で藍を見ていたが、

「本当だな」

「うん」

「よし、分った」

君原は少しバスをバックさせた。

「皆さん、しっかり前の座席の背につかまっていて下さい」

藍の言葉に、乗客はわけも分らず従った。

「行くぞ」

バスが発進した。——加速しながら、ハンドルを切る。

「ヤッホー！」

君原も面白がっているのである。

バスが店の戸を突き破り、店の中へ三分の一ほども突っ込んだ。

看板が外《はず》れて落っこちた。

藍はバスから飛び降りると、店の中へと駆け込んで行った。

「何だ！」

パジャマ姿の、三十そこそこの男が飛び出して来る。

「すみません、バスがハンドルを切りそこねたんです！　ガスが洩《も》れてます！」

「何だと？」

「逃げて下さい！　ご家族は？」

「お袋が――。母さん！」

と、男が中へ入って行く。

藍は、階段を駆け上った。

「二階へ行くな！　誰もいない！」

と、男の声がした。

二階へ上ると、藍は正面の戸を体当りして開けた。

直感だ。――ここにいる。

裸電球の光の下に、女の子が怯《おび》えた表情でうずくまっている。

そこは、座敷牢《ざしきろう》になっていた。時代劇で見るような、格子《こうし》の戸がしっかりとはめ込まれた部屋。

「あなた――中村亜利沙ちゃん？」

と、藍が訊くと、

「うん」

と、女の子が肯《うなず》く。

「手を出すな！」

さっきの男が、包丁を手に立っていた。

「女の子を閉じこめて！　何てことするの！」

「死ね！」

男が包丁を振り上げると、

「そっちが死ね」

君原が男の肩をつかんで、振り向いたところを一撃、男はアッサリとのびてしまった。

「――良かった！」

藍は少女へ笑いかけた。「迎えに来たわよ！」

少女の顔に、やっと笑みが浮かんだ。

3

「本日はご乗車、誠にありがとうございました」

と、藍はマイクを手に言った。「色々行き届かない点もあったかと存じますが、これにこりず、また〈すずめバスツアー〉をご利用下さいますよう、お願い申し上げます」

バスの中に拍手が起る。

深々と頭を下げる。——この瞬間が危いのである。

もうバスは下車地点へほんの数メートルの所。わきへ寄せるためにカーブしたり、ブレーキをかけられたりして、引っくり返ることがある。

頭を下げながら、目はバスの外を見ているのだ。

「——こちらで解散となります」

シューッと音を立てて扉が開く。藍はバスを降りて、乗客が降りて来るのを待ち受ける。

「ありがとうございました。お忘れもの、ございませんでしょうか。お気を付けてお帰り下さい。——ありがとうございました」

ひたすら、エンドレステープの如《ごと》く、くり返す。

ところが、半分近い客が、一向に降りて来ない。——何をしているのかと覗《のぞ》いて見れば、

「はい、次!」

高校生ぐらいの女の子ばかり、運転手の君原を囲んで、入れ替り立ち替り、記念撮影の最中。

「サインして!」

という子もいる。

「私のTシャツにサインして!」

と、パッとジャンパーの前を開け、もう小さからぬ胸のふくらみをぐっと突き出す子もい

て、

「どこへサインするの?」

と、君原が困っている。

藍は呆れて眺めていた。

確かに、この手のツアーに、女子高生などほとんどやって来ないのだが、今日は半分近い十何人もいるので、首をかしげていた。

「こういうことか」

それにしても、バスの運転手の「追っかけ」ができた、というのは前代未聞だろう。

「ねえ、次はいつなの?」

と、女の子たちが訊く。

「土日なら、どこを回るバスでも乗っちゃう!」

「それは社で決めるんでね」

「私、電話しちゃおう! 土日は必ず君原さんでお願いしますって」

「お昼ご飯、あんなまずいお弁当食べてるの? 私、作って来てあげる!」

という子もいて、いや大騒ぎ。

女の子たちが降りて、やっとバスが動き出したのは二十分近くたってからだった。

しかも、一人も帰ろうとせず、みんなバスに手を振りながら見送っているのだ。

「ほら、手を振ってあげなさいよ」

と、藍は言った。

「いやだよ。事故っちまう」

「もてていいわね。どう、ご気分は？」

「君のせいだろ。俺《おれ》は知らないぜ」

と、君原は言い返して、「さ、帰ろう」

と、スピードを上げる。

——藍のせい、と言われればそうかもしれない。

あの中村亜利沙ちゃんを発見したことは、もちろん大ニュースになった。

藍は、自分が霊感を持っているなどと報道されれば、大騒ぎになることは目に見えていたので、君原に、

「突然、見えない力にハンドルを取られた」

と言わせたのである。

ＴＶ取材も君原に集中。またその端整な顔立ちがＴＶ向き（？）というので、インタビューや取材が相次いだ。

その結果が、あの女子高生たち。

「その内、ファンクラブができるかもね」

と、藍が言うと、君原はチラリと横目で藍をにらんで見せた……。

〈すずめバス〉の社の前にバスを着けて降りると、先輩のバスガイド、山名良子が中から出て来た。

「お疲れさん」

「どうも……。明日の予定出てます?」

「あんた、また〈霊感ツアー〉ですってよ」

「いやだなあ。社長にやめて下さいって頼んだのに」

と、藍はしかめっつらをした。

「仕方ないじゃないの。うちの稼《かせ》ぎ頭《がしら》なんだから、あの手のツアーが」

「後味悪いですよ。何も見るもんないのに」

「あ、あんたにお客よ。もう二時間も待ってるわ」

「はい。——誰だろ」

バスの中の掃除をして、ボディとタイヤも洗わなくてはならない。こういうときの客は困りものだが……。

古ぼけたソファから立ち上ったのは、四十前後の男性で、

「町田藍さん?」

「私、町田ですが」

「僕はこういう者で」

渡された名刺に、〈Kセキュリティ・取締役　野辺茂一〉とあった。

セキュリティ？――このボロ社屋にセキュリティシステムをつけても仕方ないだろう。

「私にご用とか……」

「突然で申しわけない。あなたが、あの中村亜利沙ちゃんを発見したと聞いて、ぜひ相談にのってほしくてね」

「待って下さい」

と、藍は急いで言った。「それなら、運転手のお手柄なんです。私はたまたま乗り合せて――」

「あのバスの乗客に、ちゃんと当りましたよ。あなたが、女の子の行方不明になった場所で突然、あの子の名を呼んだことも。――以前にも、幽霊とお付合いがあったそうですな」

「お付合いって……。それじゃ私が幽霊ぐらいにしか相手にされないみたいじゃありませんか」

と、文句を言う。

「いや、そういう意味じゃないんだ。ともかく、あなたは何かそういう霊感のようなものを持っている。そうでしょう？」

「否定はしません」

仕方なく藍は言った。「でも、それが何か？」

「神隠しにあった三人の女の子たちを、見付けてほしい」

と、野辺は言った。「もう生きていないかもしれないが、もし死んでいればどこに遺体が――」

「待って下さい」

と、あわてて遮《さえぎ》り、「私、占い師や超能力者じゃないんです。透視とかやって『今その子はどこにいる』なんてお告げを始めるわけにいきません」

「しかし、ぜひやってみてほしいんだ。お願いだ」

どう見ても、強迫観念にとりつかれているようではない。

「分りました」

と、藍はため息をついて、「じゃ、申しわけありませんが、三、四十分待って下さい。仕事が終っていないんで」

「分った。待ちますよ、いくらでも」

と、野辺という男はソファに寛《くつろ》いだ。

立ち上った藍は、

「じゃ、失礼して――」

と行きかけて、ふと振り向くと、「あなた、警察の方？」

と訊いた。

野辺は唖然《あぜん》として、

「確かに、元は刑事だった。どうして分った？」

「霊感です」

と、藍は言ってやった。

何といっても丼物《どんぶり》である。

「私、親子丼《おやこどん》」

と、藍は注文した。

「僕はカツ丼」

と、野辺は言って、「刑事は容疑者の取調べのとき、必ずカツ丼を取る」

「TVドラマでの話じゃないんですか」

「もちろんそうだ」

野辺はおしぼりで顔を拭《ふ》いた。

どうせなら夕食を——と言われて、藍のよく行くソバ屋に入った二人である。

「この三つの名前、見たことは？」

野辺がメモをテーブルに置く。

「〈江口順子。園田朋。関本さとみ〉。——憶えてないですね」

野辺は肯いて、

「もう八年になる。——僕が三十歳のときだった。僕はN市という町の警察にいて、今の家内とも知り合っていなかった」

と話し始めた。「N市は山間《やまあい》の町で、春秋にはよく都会からハイキングに来る人たちもいる。でも、至って静かで、穏やかな町だ。ところが、その年――」

野辺の表情が曇った。その事件に、悔むところがあったのだろう。

「三人の女の子が相次いで姿を消した」

「それがその……」

「このメモの三人だ」

と、野辺は言った。「新聞などでもかなり騒がれた。〈現代の神隠し〉なんて、マスコミが書き立てて、面白半分、取り上げるTV番組もあった……」

そう言われてみると、藍も何となくそんなTV番組を見たことがあるような気がする。

「あなたが捜査に当ったんですね?」

「総出だったよ。民間の人たちも沢山《たくさん》加わって、休日にはあちこちの川や堀などを調べた」

「でも、結局見付からなかった……」

「その通り」

と、野辺は難しい顔で肯いた。「しかし、一人二人なら事故ということもあるが、三人となると、これは誰かがさらったという可能性が高くなる。――どの家にも、脅迫状などは届かなかった」

「この子たち、いくつだったんですか?」

「江口順子が十二歳、園田朋が十一歳、関本さとみが十二歳だった」

「小学生?」

「二人が六年生、一人は五年生だった。小さな町だ。小学校も一つ。親同士もみんな顔見知りでね」

「あなたも？」

「僕は一人だけ——初めに消えた江口順子ちゃんの家のことは知っていた。その子の姉さんの家庭教師をしたことがあってね」

「じゃ、辛かったでしょうね」

「結局発見できずに捜索を打ち切ったとき、ご両親の顔を見られなかったね」

と、野辺は言った。「僕が警察を辞めて上京し、今のセキュリティの会社を始めたのも、その事件のせい、という部分が大きかった」

「犯人の目星は？　外部の人間の犯行ということもあるんじゃないですか？」

「もちろん、それも考えたさ」

と肯いて、「秋の、ハイキングのシーズンで、近くの山中にはキャンプ場もあった。しかしね、そのハイカーやキャンプしている連中を、いちいち取り調べるわけにはいかない。何といっても、そこの観光客を相手に商売している町の住民も少なくないからね」

「なるほどね……」

藍としても、同情はする。特に、八年間、娘の生死すら分らぬまま日々を過している家族の心痛は想像できないほどのものだろう。

しかし……。

「お待たせしました」

丼が来て、深刻な顔のまま、二人は食べ始めた。

「でも、野辺さん。どうして八年もたって、今、私の所へみえたんですか？」

野辺は猛烈なスピードでカツ丼を食べていたが、その手を止め、

「いけないな。今でもつい、カツ丼というと急いで食べちまう」

と苦笑した。「もちろん、君があの行方不明の子を見付けたという事実はある。しかし、それだけじゃない。——八年も前のことで、僕は忘れかけていた。ところが、突然、それを思い出させることに出くわしたんだ」

「何ですか、それ？」

「TVで見た催眠術だよ」

野辺の言葉に、藍はわけが分らず眉をひそめた……。

4

磨き上げられた廊下。

忙しく行き来する人たちも小ぎれいな格好をしている。

「町田藍さんですね？」

と、受付の制服姿の女性が、ソファにかけて待っていた藍に声をかけた。

「はい、そうです」

「倉沢《くらさわ》から連絡があって、番組収録が押しておりますので、〈第４スタジオ〉へおいでいただけないかとのことですが」

「分りました。その〈第４スタジオ〉へはどう行けば？」

早回しのテープみたいな説明は一向に要領を得なかったが、二度しゃべる気はない様子だったので、分らなくなったら、そこで誰かに訊きゃいいや、と、藍はともかく指された方向へ、歩き出した。

——ＴＶ局のように、表に見せる顔の派手な仕事ほど、裏での仕事は泥まみれである。

どんな仕事にも、日向《ひなた》と日陰の部分があるということ。——社会人として、まだ十年はたたない町田藍でも、世に華やかだけの職業はないということぐらい分っている。

断片は断片。——野辺の話だけでは、超能力者ならぬ身の藍にはどうすることもできない。

それでも、

「何もお約束できませんよ」

という条件つきで、引き受けた、というより、「断るのを遠慮した」のは、問題のクイズ番組を放送したＴＶ局に、高校の同級生だった男がいるのを思い出したからである。

といって、何も期待したわけではないが、ともかく休みの一日、藍はそのＴＶ局へとやって来た。

——しばらく廊下を行くと、ちょうど向うからやって来た男に、

「すみません。〈第4スタジオ〉はどっちでしょう?」

と訊いた。

男は胃の悪そうな顔をしていた。

「〈第4スタジオ〉? 君は何なの?」

「ここに勤めてる知人に会いに」

男はジロッと藍を眺めて、

「ちょっと無理じゃない?」

「は?」

「アイドルになるにゃ、年齢をとりすぎてるよ。どうごまかしても二十二、三だな」

藍はエイッと男の足を払って、尻もちをつかせると、

「私、ごまかしなしで二十八です!」

と言って、目をパチクリさせている男を尻目にさっさと歩き出した。

すると……忍び笑いと拍手が聞こえ、振り向くと、どこかで見たことのある小柄な女性がスーツ姿でやって来た。

「あ、あなたは、ここのアナウンサーですね」

と、藍が言うと、

「ええ、松島ゆかりよ。初めまして」

と、笑顔で、「拝見してたわ、みごとな足払い」

藍は赤くなって、

「失礼しました」

「いいえ。向うが失礼なのよ。やってくれてありがとう」

「はあ」

「私に向っても、何かというと『三十過ぎなんだから』って言うの、あのプロデューサー。頭に来てたのよ。胸がスッとした」

「そうですか。じゃ――〈第4スタジオ〉ってどこか教えていただけますか」

「〈4スタ〉？　じゃ、一緒に行ってあげる。何しろ、私でもよく迷子になっちゃうのよ、広くて」

「すみません」

二人は一緒に歩き出した。

「――倉沢君って高校の同級生が勤めてるはずなんで」

「ああ、倉沢正志《まさし》君？　今、ちょうど彼のプロデュースしてる番組の収録中なの」

「何やってるんですか、彼？」

「オーディションというか、歌は二の次、可愛い子を見付けてアイドルとして売り出させるって番組」

「美少女好きだったからな。倉沢君の企画ですか？」

「さあ、そこまでは知らないわ」

と、松島ゆかりは笑って言った。

それでさっきの男が、「アイドルには年齢をとりすぎてる」と言ったのか。

「——ここだわ」

と、松島ゆかりが分厚いドアを開ける。

「いいんですか？」

「大丈夫。本番中なら赤い灯がついてるわ」

スタジオの中へ入ると、藍は空気が冷え冷えとしているのでびっくりした。いつもこんなに寒いのだろうか？

「いやに寒いわね」

と、松島ゆかりも首をかしげて、「暖房が故障してるのかしら」

天井の高い、広い空間。

そこにステージのセットが組まれ、女の子が十五人ほど並んでいる。

どう見ても中学生——十三、四歳と思える子がほとんどだ。いや、今の子は発育がいいから、小学生もいるかもしれない。

どうやら水着での審査らしいのだが、みんなスタッフのものらしいジャンパーをはおって、寒そうにしている。

「——おい、どうなってるんだ！」

と、大きな声が響いた。「早く何とかしてくれよ！」

あの声……。

「あの人でしょ。倉沢君って」

と、松島ゆかりが言った。

「そうです。――へえ、あの気の小さかった奴が」

およそ人前で怒鳴るなんてことのできない人間だった。

作業服の男が工具箱を手にやって来た。

「どうした？　直してくれたかい？」

と、倉沢が訊く。

「どこも故障してないですよ」

「どこも？　だって、現にこんなに冷え切ってるんだぜ」

「そうですけど、いくら調べても、ちゃんと動いてます。温風が出ないだけで」

「それじゃしょうがないじゃないか」

「後はメーカーさんに来てもらうしかないですね。でも、二、三日はかかると思いますよ」

「それじゃ困るよ！　あの女の子たちが、寒くて水着になっていられないんだ」

「俺に言われても困りますよ。じゃ」

と、作業服の男はのっそりと出て行く。

「――参ったな！」

倉沢は手にした丸めた台本で、セットの柱をポコポコ叩《たた》いている。

「やっぱり、あんまり変ってない」

と、藍は呟《つぶや》いた。

気が小さいので、自分が責任を取らされるのが怖いのである。だから苛々《いらいら》して他の人間に当っている。

「倉沢君、お客様よ」

と、松島ゆかりが声をかけると、

「あ、松島さん！」

と、急にニコニコして、「わざわざ——。あ、町田か」

「町田か、はないでしょ。約束しといて」

「悪い悪い。でも、こういう状態で」

「何があったの？」

「暖房が一向にきかないんで、この寒さなんだ。女の子たちを水着で並ばせたら、風邪《かぜ》ひいちまう。修理させようとしたけど……」

「見てたわ。直らないもの、怒っても仕方ないじゃない」

「でも、早く収録をすませないと」

と、倉沢はため息をついて、「審査員は寒いっていうんで別室で待機していただいてる。早くしないと、次の仕事でいなくなる人もいるんだ」

「分るけど……」

藍は、今通って来たロビーを思い出し、

「ね、出てすぐのロビー、今、日が一杯射し込んで、暑いくらいあったかいわよ」

と言った。

「ロビー？」

「そう。そこで水着審査だけやれば？　審査員だって、あそこなら大丈夫よ」

倉沢はスタッフを呼んで、

「——やれるか？」

「そのロビーならケーブルが届きますよ」

「よし！　じゃ椅子《いす》を並べてセットしてくれ！　みんな、あったかいロビーで水着の審査だ！」

女の子たちが一斉に、

「良かった！」

「早く行こう！」

と、声を上げる。

「じゃ、ついて来て！」

と、ADの一人が女の子たちを先導してスタジオから連れ出して行く。

「ありがとう、町田」

「それぐらい考えな。プロでしょ」

聞いていた松島ゆかりが、

「やられたわね、倉沢君」

「高校のころも、いつもこうやってやられてました」

と、倉沢が苦笑した。「町田、お前、何の用だったんだ？」

「うん、ちょっと訊きたいことがあって。この局でやってるクイズ番組のことで」

藍が説明すると、

「ああ、あれなら、このスタジオでやったんだよ。——うん、憶えてる。催眠術が本当にみごとにかかって、僕もびっくりしたよ」

「じゃ、やっぱりやらせじゃなかったのね？」

「もちろんさ。素人《しろうと》にそんな演技はできないよ」

「そう……」

藍は何やら考え込んだ。

「——準備ＯＫです！」

「分った！——町田、悪いけど、これがすむまで待っててくれるか」

「ええ、もちろん」

「みんな、始めるぞ！」

駆け出して行く倉沢について、藍はのんびり歩いてスタジオを出ようとしたが……。

「行かないで……」

藍は足を止めて振り返った。

誰かが呼び止めた？――でも、スタジオはもう空っぽだった。

今の声は……空耳か？

ちょっと首をかしげてそのまま出て行こうとすると、

「置いて行かないで」

――空耳ではない。

女の子の声だ。それも、藍の耳には、それぞれ別の子の声に聞こえた。

「誰なの？」

と、藍はスタジオの広い空間に向って問いかけた。「どこにいるの？」

すると、

「ここにいる……」

「ここよ」

「こっちよ」

三人の声が、スタジオの中を飛び交うように聞こえた。

「お願い、行かないで」

「いい子にしてるから、行かないで」

いたずらでも何でもない。――それは本当に怯え、哀願する涙まじりの声だった。

「――名前を言って」

と、藍は言った。「あなたたち……。順子ちゃん、朋ちゃん、さとみちゃん。——そうなの?」

しかし、返事はなかった。

「——どうしたの?」

と、松島ゆかりがスタジオを覗いて、「町田さん、始まるわ」

「あ、すみません」

ふと気付くと、体が冷え切っていた。

5

「はい、元気良く歩いて来て!」

と、ディレクターの声がロビーに響く。

「いいよ、いいよ!——もっと大きく手を振って、足を上げて!」

少女たちが笑顔一杯で、ロビーを行進してくる。

全面ガラスばりのロビーは、一杯に光が溢《あふ》れて、それは十三、四歳の少女たちの水着姿を、まぶしい健康的なものにしていた。

「——助かったよ」

と、倉沢が言った。「スタジオの中より、ずっといい。あったかいしね」

「昔の友だちは大事にするもんよ」

と、藍は言った。「倉沢君、結婚は？」

「まだまだ。忙しくって、それどころじゃないよ」

と、笑って、「君の方はどうなんだ？」

「バスガイドって、重労働でね。男を捜しに出る元気なんかないの」

と、藍は言った。「でも——この子たち、みんな十三、四？　凄《すご》いなあ」

堂々として、照れもせずに水着姿でカメラの前に立つ。——また、その体つきも、もちろん、一人一人差はあるが、立派なもの。

「——今の子なんて、明らかに私よりバストがある」

と、藍がため息をついた。

「——はい！　それじゃ一人ずつ自己PRだよ。何でも自分の得意なことをする。——歌ってもいいし、踊ってもいい。逆立ちしてもいい」

ディレクターが大声で言った。「ただし、脱いじゃだめだ」

女の子たちがキャーキャー声を上げて笑い転げる。

「エッチ！」

という声も飛ぶ。

「明るくていいな」

と、倉沢が笑った。

「こういう明るさは、二度と戻って来ないのよ」

と、藍は言った。「ね、倉沢君、例のクイズ番組だけど」

「うん、何だい?」

「君が担当してるの?」

「本当は違うんだけどね。あのときは、担当のプロデューサーが病気で入院しててね。それで僕が代りに見ていたんだ」

「そうか」

「でも、あれがどうしたんだい?」

「うん、ちょっと——」

と、藍が言いかけると、

「はい、周り、静かに!」

と、声がかかった。

少女たちが一人ずつ、明るいロビーの日向へ出て、パフォーマンスをするのである。

「——じゃ、行くよ! 最初の子」

元気よく駆けて来た女の子が、カメラに向って、名前を言うと、

「新体操をやります!」

と、手にしたボールを巧みに胸や背中へ滑らせる。

途中で落っことしたりもしたが、それもご愛敬《あいきよう》で、終ると拍手がロビーを埋めた。

「はい、みごとでしたね！　じゃ、次は何を見せてくれるかな？」

次の子が出て来て、

「吉野聡子《よしのさとこ》。十二歳です！」

と、手を上げて、「バレエをやります」

――ふと、藍は冷気を感じた。

こんな所で、なぜ？

振り向くと、スタジオの扉の開いているその辺りに、うっすらと白いもや、のようなものが見える。

「――何か起るわ」

と、藍は小声で言った。

「え？」

倉沢が顔を寄せる。

「感じない？　冷たい空気が――」

突然、冷気が藍のわきをすり抜けるようにして、正面のロビーへと進んで行ったと思うと、高く片足を上げて、バレエの動作を見せていた女の子が、

「寒い！」

と、よろけて、背後のガラスにもたれかかった。「凄く寒い！」

女の子は見る見る青ざめて、体を丸めてうずくまった。

「女の子を早くあそこからどかせて！」

と、藍は言った。

一杯に陽光の溢れるロビーに、白い寒気が渦を巻いた。ガラスが白くくもっていく。

「どうなってるんだ！」

誰もが呆然《ぼうぜん》としている。

藍は、倉沢の着ていたジャンパーをはぎ取ると、うずくまって震えている少女へと駆け寄って、

「早くこっちへ！」

と、ジャンパーを着せ、抱きかかえるようにして、スタッフの方へ連れて行く。

「体を温めて！」

と、女性のスタッフへ渡してから振り向くと、ガラスに白いくもりが広がって、それは一瞬人の形に近くなった。

「行かないで！」

という悲痛な叫びがロビーに響いた。

藍は息をのんで、ガラスを見つめていた。

その白いくもりの中を、まるで涙のように、いく筋もの水滴が流れ落ちていく。

涙だ。――これはあの三人の涙だ。

悲鳴が上った。

流れ落ちる水滴が、真赤な血になって、ガラスの表面を伝い始めたのだ。

藍は思わず、引き寄せられるように、その場所へと近付いた。

「危いぞ！」

と、倉沢が叫んだ。

藍が手を伸して、ガラスに触れる。じっとりと手が濡《ぬ》れて、それは正に血そのものだった。

「分ったわ……。分ったから、私に教えて。どこにいるの？　今、どこにいるの？」

と、藍は囁《ささや》きかけた。

白い冷気がガラス全面を染めて行く。

そして、突然、分厚いガラスが音をたてて割れた。

藍ははじき飛ばされるように引っくり返った。

ロビーを悲鳴と逃げ出す人たちの叫び声が埋めた。

「――嘘《うそ》だろ」

と誰かが言った。

藍が起き上ると、縦横何メートルもあるガラスが、ほとんど砕けて、破片がロビー一杯に飛び散っていたのだ……。

「――何だ、一体？」

倉沢が呆然として、「――町田、大丈夫か？」

「うん。――ハンカチ貸して！」

「え？」

「ハンカチ！　早く！」

「ええと……」

と、ポケットを倉沢が探っていると、

「これ使って」

と、松島ゆかりが白いハンカチを差し出してくれる。

「すみません！」

藍は、手についた血をハンカチで拭《ぬぐ》った。ハンカチが赤く汚れる。

幻じゃないのだ。――藍は、顔を上げて、もう白い冷気が消えてしまっているのを見た。

「見付けてあげる」

と、藍は言った。「必ず見付けてあげるから……」

「一体何なんだ、これって？」

と、倉沢が呆然としてその光景を眺めている。

「倉沢君」

と、藍は言った。「あのクイズ番組に出てた催眠術師をここのスタジオへ呼んでちょうだい」

「催眠術師？　ああ、〈ミスター・ペット〉のこと？」

「そう。催眠術をかけてほしい人がいるの」

倉沢はちょっと首をかしげて、

「かけてほしいのか？　それなら誰か他を当った方がいいと思うぜ」

「どうして？」

「だって、あんなの素人なんだ。正式にやってるわけじゃないんだよ」

藍は呆れて、

「偉い先生みたいなこと言ってたじゃないの」

「TVなんて、そんなもんだよ」

「分ったわ。それでもいいから。——あのときと同じ状態にした方がいいと思う」

「何をしようっていうんだ？」

「この出来事を解明するの。君だって、この被害を説明できないと困るでしょ？」

「このガラス一枚ものなんだぜ。いくらするか見当もつかないよ」

と、倉沢は情ない声を出した。「どうせなら、うちの局長に催眠術かけて、『お前の責任じゃない』って言わせてやろうかな」

「遊びじゃないの。——行方不明になった、三人の女の子たちの消息を、何とかつきとめたいのよ」

と、藍は言った。

「待って」

と、話を耳にした松島ゆかりが言った。「それ、詳しく聞かせてもらえない？」

「詳しく、と言われても……」

藍は迷った。その三人の名前を口にした上尾という男が、何の確証もなく犯人扱いされることは避けなくてはならない。

「〈ミスター・ペット〉を呼ぶにしても、この〈4スタ〉を使うにしても、上司の許可がいるわ。何か理由がつけられないと」

と、松島ゆかりに言われて、藍は仕方なく、

「実は……」

と、口を開いた。

6

「どういうことなの！」

と、上尾の妻の冴子に詰め寄られて、倉沢はしどろもどろ。

「これには色々――そうなんです」

「まだ何も言ってないわよ、私」

「そうでしたか？　何か聞こえたような気がして……」

「いい加減なこと言わないで！　主人が何をしたって言うの！」

「ですからはっきりしたことは何も……」

「だって、おかしいじゃないの！　〈神隠しにあった三人の少女！　失踪《しっそう》の鍵《かぎ》を握る男、生出演！〉って、これが主人のことなんでしょ？　どう見たって、主人が変質者みたいな扱いじゃないの！」

——藍は、少し離れて、倉沢と冴子のやりとりを聞いていた。

私のせいじゃないもんね。

何度も念を押した。それでも、今夜の番組のタイトルは、ああなってしまったのである。冴子が怒るのも無理はない。

「あなたの電話じゃ、これまでの優勝者を集めての特別大会だってことだったじゃない」

「え、まあ……少し、趣旨と違っちゃったんですけど」

「大違いでしょ！　私たちを騙《だま》したのね！」

と、冴子が更に食ってかかる。

「ごめんなさいね」

松島ゆかりが藍の肩に手をかけて、「私はこんなタイトル、いやだって言ったのよ。でも、どうしても上の方が聞いてくれなくて……」

「そうでしょうね」

藍はまるで信じていなかった。

「ともかく、何が出るか、期待してるわよ」

と、松島ゆかりは、藍の肩をポンと一つ叩いて行ってしまった。

——どうなっちゃうんだろ？

藍は、〈第4スタジオ〉の中を見渡してため息をついた。

今は、あのふしぎな冷気は全く感じられない。

あのロビーでの怪現象は、ビデオ撮りされていたこともあって、色々な話題を呼んだ。

超常現象と言う人もいたし、特殊な状況で起った自然現象だと主張する学者もあった。いずれにしても、局としては「あのガラス代ぐらいはもとを取らなくちゃ」ということになったのだろう。

そうなると、やはり「霊の力」だった、という路線に落ちつくわけで、今日の何とも品もセンスもない番組タイトルとなったわけだ。

「帰らせてもらうわ！　こんなの侮辱《ぶじよく》よ！」

と冴子が言い放つと、

「いや、待って下さい！」

と、倉沢はあわてて引き止め、「あくまで公平に進めますから！　決して実名は出しませんし、顔も画面に出しません！」

どう言ったって、〈生放送〉だ。顔が出ちゃえば修正はきかない。

「ね、出て下さいよ。帰られちゃったら、僕はクビです」

「あんたのクビの心配を、どうして私がするの？」

この点は冴子が正しい、と藍は思った。

そこへ、

「いいじゃないか」

と、やって来たのは、落ちついた雰囲気の男性だった。

「だって、あなた……」

「何もしてないんだ。心配することはないよ」

藍も、前のクイズ番組をビデオで見ていたが、現実に目の前に見る上尾は全く別人のようだった。

「あのときは本当にありがとうございました！」

倉沢がペコペコ頭を下げている。

「しかし、あのとき僕が口にした三つの名が、行方不明になっている女の子たちと同じだったというのは……」

「事実なんです。もちろん、だから上尾さんがどうというんじゃありません！」

「分りました。もし、その女の子たちを見付けるのに役に立つのなら、できるだけのことはしますよ」

「ありがとうございます！」

と、倉沢は深々と頭を下げた。

するとと、上尾が藍の方へ目をやって、

「あの方は？」

「彼女は町田藍といって、先日、漬物屋の二階に閉じこめられていた少女を救い出したんです」

「ああ、霊感のあるバスガイドさん」

「そうです」

「どうも……」

と、上尾が近付いて来ると、手を差し出した。

と、その手を軽く握ると——。

「町田藍です」

「やあ、これはこれは……」

と、上尾が目を見開く。

藍は何とも言えなかった。

「——じゃ、大まかな手順と流れをご説明します」

と、倉沢が上尾をスタジオの奥へ案内する。

「ギャラは出るんでしょうね？」

と、冴子は大きな声で訊いていた。

藍が上尾たちを見送って立っていると、

「——あの男だ」

振り向くと、野辺が立っていた。

「野辺さん、みえていたんですか」

「TV局から頼まれてね。あの三人が姿を消した事情を話してくれと」

「でも、野辺さん。今、私、あの上尾という人と握手しましたけど——」

と、藍が言いかけたとき、

「リハーサルです！　集まって下さい！」

と、ADのかけ声がスタジオに響いた。


VTRが止ると、カメラは上尾を映し出した。

「いかがですか」

と、司会の松島ゆかりが訊く。

「確かに、三つの名前を口にしていますね」

と、上尾は肯いて、「しかし、全く心当りがないんです」

「とおっしゃると、これまでお付合いされた女性の名前ということでは——」

「違います。その問いを聞いていなかったのだと思います。それに、三人もの女性と付合っていませんし」

「すると、あの三つの名はどこから？」

「見当がつきません」

上尾は淡々としていた。

スタジオの中、カメラの後ろに、藍や野辺、そして倉沢も立って、その様子を眺めていた。

「では試しに、今日、もう一度催眠術をかけてみたいんですが、よろしいでしょうか」

と、松島ゆかりが訊く。

「どうぞ」

と、上尾は言った。

「——ちっとも緊張感がないな」

と、見ていた倉沢が首を振った。

何が起るか分らない生放送でも、「見せ場」をほしがるのがTV人間の本能なのだろうか。

「——どう思いますか？」

藍はそっと野辺に訊いた。

「いや……。想像していた男と違う」

と、野辺は言った。

「つまり、犯人らしくない、と？」

「うん。——むろん八年前のことだ、当人も変っているかもしれんが……」

スタッフに呼ばれて、珍妙な蝶《ちょう》ネクタイをした〈ミスター・ペット〉が登場した。

「では……。早速やっていただきましょう。あのときと同じようにお願いします」

と、松島ゆかりが促《うなが》す。「上尾さん、こちらのカメラを見ていただけますか？」

カメラの赤いランプが点灯する。それを上尾が正面から見ると、モニター画面に、上尾の顔が映し出された。

「はい、それでは……」

〈ミスター・ペット〉が懐中時計を取り出しカメラの前に手を差し出すと、画面の手前の方で、鎖のついた時計がゆっくり左右へ揺れ始めた。

「はい、時計の動きを目で追って下さい……。チクタクいう音に、注意を集中。すると、あなたは段々眠くなる……。瞼が重くなって来ますよ……」

画面を見ていると、上尾は忠実に時計の左右の揺れをじっと目で追っている。

「眠くなる……眠くなる……」

――ところが、いくら「眠くなる」をくり返しても、一向に上尾の瞼は下って来ないのである。

「――いかがですか？」

と、松島ゆかりがたまりかねて口を挟む。「眠くなりませんか」

「すみません」

と、上尾は言った。「一向に眠くならないんです」

「でも、前回はとても簡単にかかったんですよね」

「そうですね。でも今日はさっぱり……」

「じゃ、恐れ入ります。もう一度」

「はあ」

〈ミスター・ペット〉は体をほぐすように肩を上げ下げして、

「では行きます！」

と、再び懐中時計をカメラの前へ下げた。

「時計の動きを目で追って下さい……」

と、何度もくり返し、また、「眠くなる……眠くなる……」

とやったが……。

「——だめですね」

と、上尾が首を振る。「ちっとも眠くなりません」

松島ゆかりが、ディレクターの合図で、

「では一旦《いったん》ここでCMを」

と言って、「——参ったわね」

と、ため息をついた。

倉沢の方へやって来た松島ゆかりは、

「どうする？　先へ進まないわ」

「きっと、当人がかからないように警戒してるんですよ」

と、倉沢は言った。

「だとしても、少なくとも画《え》の上じゃ、ちゃんと協力してくれてるわ」

松島ゆかりは藍の方へ、「どうしようもないわ。あなた、出演して、この前の女の子のことを話してくれる？　今度の出来事についても」

「いやですよ！」

と、藍はあわてて言った。

「それとも、あの上尾って男に頼んで、かかったふりをしてもらうか」

「倉沢君！　そんなことおかしいわ」

と、藍は抗議した。

「でもね、スポンサーがどう言うか」

どうやら、倉沢は完全なＴＶ人になっている。

「待って下さい」

と、藍は言った。「この間のときのＶＴＲ、もう一度見せて下さい」

「どうして？」

「いいから見せろ！」

と、藍は倉沢をにらんだ。

「ＣＭはあと一分」

と、声がかかる。

「――どうだい？」

モニターの一つで、この前、上尾が催眠術にかかったときのＶＴＲを見た藍は、

「やっぱりね」

と言った。

「何が？」

「上尾さんの目を見て。――懐中時計の動きを目で追ってないでしょ」

「――そうだな」

と、倉沢は肯いて、「じゃ、この前もかかってなかったと？」

「違うわ。上尾さんはこの前も真面目に言われた通りしていたのよ」

「でも、〈ミスター・ペット〉の言う通りにしてない」

「あんな人、インチキでしょ。――待って」

藍はスタジオの中へ目をやって、「この前、上尾さんを撮ってたのは同じカメラ？」

「カメラ？　いや違うよ。セットがクイズのときと全然違うからな」

「同じカメラにして」

「カメラなんて、どれも同じだよ」

「いいの。この前のカメラにして」

「――OK、分った」

倉沢はスタジオを見回して、「ええと……この前は〈2カメ〉？――よし、こっちへ回って」

別のカメラが上尾の前へ押し出されて来る。

「さっき見てて気が付いたの」

と、藍は言った。「あのカメラの赤いランプを見てて」

「それがどうした？」

「ともかく見てて」

と、藍は言った。「松島さん、もう一度やって下さい」

「分ったわ」

ＣＭが終り、松島ゆかりの方へカメラが向く。

「――では、改めてもう一度、挑戦してみたいと思います。〈ミスター・ペット〉、お願いします！」

カメラが切りかわり、上尾の正面のカメラに赤いランプが点《つ》く。

しかし、どこかおかしいのか、赤いランプは点滅をくり返していた。

――あれだ。

藍は、カメラをじっと見つめる上尾の表情を見守った。

「では、この時計の動きを――」

と、〈ミスター・ペット〉が言いかける。

「待って下さい」

藍が遮った。「必要ありません。もう上尾さんは催眠状態です」

見れば、上尾の瞼が閉じている。

「――どういうこと？」

と、松島ゆかりが目を丸くしている。

「赤いランプです。カメラの、そのオン・エアを知らせるランプが、点滅してるでしょう。それはこの前も?」

カメラマンが肯いて、

「この間からだよ。直してないんだ」

「その点滅を見て、催眠状態になったんです。〈ミスター・ペット〉は関係なかったんです」

「じゃあ……質問しましょう」

と、松島ゆかりは続けた。「上尾さん。——順子、朋、さとみ。この三人の名に憶えは?」

上尾の顔に、辛そうな表情が現われた。

「三人は……、ここにいる……」

と、上尾は言った。

「ここに? それはどういう意味ですか?」

「ここにいて……凍えてる……。寒いんだ。お腹を空《す》かして……可哀《かわい》そうに……」

「その三人のことを、どうして知ってるんですか?」

「ここで……ここで会った……」

「この——スタジオで?」

「ここで……会った」

「でも、女の子たちは、ずっと遠い山の中の町で姿を消したんですよ。それなのにどうしてここで？」

　上尾はゆっくりと首を振って、

「分らない……」

　と言った。

　藍はそのとき、首筋にひんやりとした風を感じた。

「霊が来るわ」

　振り向いた藍は、「――倉沢君」

　と、目をみはった。

　倉沢が、しっかり腕組みして立ったまま、じっと目を閉じていた。

　眠っている。――倉沢も、あの赤いランプの点滅で、催眠状態に入ってしまったのだ！

「――倉沢君。――倉沢君」

「じゃ、この前も？」

「どういうことだ？」

　野辺が頭上を見て、「――何だ！」

　と言った。

　スタジオの中に白い霧のようなものが立ちこめて、それはゆっくりと渦を巻いた。

「――急に寒くなって来ました！」

　と、ゆかりが怯えた表情で立ち上る。

「大丈夫です！」

藍は、上尾のそばへ駆け寄ると、「上尾さんは霊感が強いんです。私と同じです。霊が、この人の方へ吸い寄せられるようにやって来るんです」

白い冷気は、上尾と藍を取り囲むようにしてグルグル回り始めた。

藍は、色んな映像が目の前に浮かんでは消えるのを、必死に目で追った。

「小屋だわ。——いえ、洞窟《どうくつ》。——冷たくて寒い。女の子たちが身を寄せ合って泣いてる……」

藍は息をのんだ。——男の姿が現われた。

洞窟の入口にシルエットで現われた男は、冷ややかに笑って口を開いた。

「重い石で入口をふさいで行く。いくら泣いても喚《わめ》いても、聞こえないぞ……」

男がそう言うと、スタジオの中に、女の子たちの泣き叫ぶ声が満ちた。

「行かないで！」

「置いて行かないで！」

「いい子にするから——」

「行かないで！」

突然、上尾が立ち上った。

「何てことをするんだ！　人でなし！」

と叫ぶと、頭を抱えて、床へ崩れるように倒れた。

「――上尾さん」

藍が抱き起すと、上尾は目を開けていた。

――冷気は消えてはいなかったが、穏やかに上昇して行く。

「あなたも見たね？」

と、上尾が言った。

「ええ」

「あの男の顔も――」

「見ました。でも――上尾さん、あなたが言って下さい。女の子たちを洞窟の中へ置き去りにした男が誰なのか……」

上尾は、青ざめた顔で立ち上ると、

「それは――そこに立っている男だ」

と、指さした。

「――どうしたんだ？」

倉沢が目をパチクリさせて、「今――何かあったのかい？」

「倉沢君」

と、藍は言った。「君が催眠状態になったので、君の中に閉じこもっていた三人の女の子たちの霊が解き放たれたのよ。そして、上尾さんがその霊を引き寄せて、三人の名前を、霊に代って言ったんだわ」

「——何のことだい？」

「八年前、君は二十歳《はたち》だった。君はもともと少女好きってみんなの評判だったわ。——君はハイキングに行ったあの山で、三人の女の子をさらって来て、洞窟の中へ閉じこめた」

「馬鹿言わないでくれ！」

と、倉沢が目に見えて青ざめた。

「そう？」

藍は倉沢へ歩み寄ると、「これを持ってごらんなさい」

と、ハンカチを突き出し、倉沢の顔へ押し当てた。

あの血で染ったハンカチだ。

「よせ！」

倉沢の顔へ、ハンカチは生きもののように貼《は》りついた。「はがしてくれ！——苦しい！」

倉沢がもがいた。ハンカチからは、新たな血がにじみ出て、倉沢の首筋から体へと流れ落ちて行く。

「助けてくれ！」

倉沢が床へ倒れて、転げ回った。「悪かった！　僕が悪かった！　勘弁《かんべん》してくれ！」

藍が上へ目をやって、

「もういいわ。——白状するわよ」

と言った。

藍がかがみ込んでハンカチをつかむ。——それはすぐにはがれて来た。

顔が血にまみれ、喘《あえ》ぎながら、倉沢は、かすれた声で言った。

「他に……仕方なかったんだよ。帰してやれば、僕が捕まる。といって……殺すのなんかいやだ……。ああして置いて来るしか……」

「冷たく寒い所で、飢えて弱って死んでいったのよ、三人とも」

藍は倉沢を立たせると、「君を絞め殺してやりたいわ」

スタジオの中に、少女たちのすすり泣く声が響いた。

そのすすり泣きは、しかし、どこかホッとしたものを感じさせた……。

7

バスを降りると、藍は緑に囲まれた山道をゆっくりと歩いて行った。

——そこには、真新しい立札が立っていて、

〈三人の少女の霊、ここに眠る〉

とあった。

細い道を下りて行くと、谷川の流れが聞こえて来て、やがて、小さな祭壇が見えた。

大きな岩のわずかな隙間《すきま》。——この奥から、三人の少女の遺体が見付かって、何か月かたつ。

藍は持って来た花束を置いて、目を閉じながら手を合せた。

足音に振り向くと、野辺が立っていた。

「来てくれたのか」

「あなたも、わざわざ?」

「いや……。もう何週間も町にいる」

と、野辺は言った。「毎日ここへ来るよ。――見付けてやれなかったことを詫《わ》びにね」

「しばらくは、マスコミでうるさかったでしょう」

「うん、山が崩れるかと思ったよ」

「そう思って、しばらく待ってたの」

藍は息をついて、「――可哀そうに」

「全くだ。大人を恨んで死んだんじゃないかと心配だよ」

「でも、遺体は三人、身を寄せ合うようにしていたって? それを聞いて、少し気がやすまった」

「君に感謝しなくちゃな。君が力を貸してくれなかったら、いつまでも見付からなかったかもしれない」

二人は並んで立つと、しばらく無言だった。

「寒かったでしょうね」

藍は、ポケットから使い捨てのカイロを三つ取り出すと、洞窟の穴の中へと投げ入れた。

「バスガイドの必需品よ」

と言って、「——さあ、帰らなきゃ」

「今日一日でも町に泊ってくれよ。あの子たちの親ごさんも、君にお礼が言いたいと言ってる」

「ありがとう。でもね、うちは貧乏な会社なの。明日は朝八時集合のツアーに乗らなきゃいけないんですよ」

「大変だね」

「働けるってことが——いえ、生きてるっていうだけでも、充分幸せかもしれないわ」

と、藍は言った。「帰りのバス、何時かしら?」

「車がある。駅まで送ろう」

「助かります。ありがとう」

「じゃ、この上へ車を持って来る。ゆっくり上って来てくれ」

「ええ」

野辺が小走りに上って行く。

藍は、もう一度、あの洞窟の方を振り向いてから、細い道を上り始めた。

すると——クスクスと忍び笑いの声が聞こえて、

「こんなの持って来た人、初めてだね」

「面白い人だね」

「でも、あったかいね」

——幻聴か？

でも、確かに藍の耳には、少女たちの笑い声が聞こえて来たのだ。

「またね」

と、小声で言って、藍はまた道を上り始めた……。

しのび泣く木

1

そいつが誰《だれ》かなんて、どうでも良かった。

名前も知らない、ただ、「そのとき、そこにいた」だけの男。それがその男の不幸だった。

研一《けんいち》は、いつもの仲間たちと連れ立って夜の公園を抜けて行こうとしていた。

「──間に合うかな」

「楽勝だよ」

「ちょっと急がないと、ギリギリだぜ」

一人一人、せっかちで心配性なのとか、呑気《のんき》な奴《やつ》とか、すぐ苛《いら》つく奴とか、色々いる。

そう、色んなのがいるのだ。

いくら研一たちの通う高校が「同じようないい子」「まんべんなく成績のいい子」を作り出して、大学受験の名門校にしようと焦《あせ》ったところで、知れている。

人間、生れながらの性格まで変るもんじゃないんだ。

先生たちも、親も、そんな当り前のことが分っちゃいない。仕方なく、研一たちの方が「表向き」だけ合せてやって、安心させているのだ。

今、研一たち、四人の仲間が急いで公園を突っ切っているのは、夜十時三十一分の電車に間に合うようにするためだった。

研一たちのグループは、毎週金曜日、大手学習塾の主催する公開テストを受けに来る。テストは七時に終るのだが、研一たちは全員口裏を合せて、

「テストが終るのが九時」

ということにしてあった。

その後、

「腹が減るから、みんなで飯、食ってくる」

ので、帰りは十時三十一分の電車、と説明してある。

そこで浮いた分、三時間以上を、研一たちは盛り場をぶらつくことで費した。

それは週に一度、学校や親たちから解放される、貴重な時間だった……。

「——おい」

と言ったのは、仲間の一人だった。「何か変な奴がいるぜ」

公園から陸橋を渡って、私鉄の駅に出る。その陸橋が見える所まで、四人は来ていた。後はほんの四、五分で着く。

十時三十一分の電車には充分間に合うはずだった。

だが——その「変な奴」は、陸橋から公園の中へ入って来て、四人の行く手を邪魔するかのように、右へ左へ、フラフラと歩いて来たのだ。

「放っとけ。酔っ払いだよ」

と、研一は言った。

ところが、その男は道の真中で突然膝《ひざ》をつくと、苦しそうに喘《あえ》いで、

「助けてくれ……」

と、絞り出すような声を出したのだ。

「具合、悪いんじゃねえの？」

と、一人が足を止めた。

「よせ！　放っとけばいいんだ」

研一は、苛立った口調で言った。

「だけど……」

「そんなのに構ってたら、電車に乗り遅れるぞ」

このひと言は効果があった。

「――そうだな」

「早く行こうぜ」

と、男のわきをすり抜けようとする。

そのとき、男がフラッと立ち上り、

「苦しいんだ！」

と、呻《うめ》くように言って、研一にすがりつくようにつかまったのである。

「何するんだよ！」

研一はあわてて振り離そうとしたが、男は研一の腕にしがみついている。

そして——男が咳込《せきこ》んだと思うと、研一の制服のブレザーに吐いてしまったのである。

「ワッ！」

研一はあわてて男を突き飛ばしたが、すでに遅く、ブレザーの胸の辺りに、男の吐いたものがべったりとついて、酸っぱい匂いを放っていた。

「——畜生！」

こんな有様《ありさま》になったのを、どう説明すればいいのか。

「おい、研一、洗い落した方がいいぜ」

しかし、たとえ駅のトイレでこの汚れを洗い落したとしても、十時三十一分の電車には間に合わなくなってしまう。

男は、研一に突き飛ばされて、尻もちをつき、そのまま立ち上れないでいた。

「この野郎！　どうしてくれるんだ！」

研一の中で、何かが切れた。

こいつのせいで、毎週の楽しみが、失《な》くなってしまうかもしれない。——そう考えると、研一はごく自然に、地べたに座り込んでいる男の方へつかつかと歩み寄り、力任せにけりつけた。

男が腹を押えて地面に這《は》う。

「この野郎！——死ね！」

研一が、二度、三度とけりつけると、男の方は抵抗する気力などないらしく、ただ呻いて、虚《むな》しく逃れようとするばかりだった。

「研一、もうよせよ」

と、仲間の一人が言った。

しかし、研一は、まるで全く別の力に動かされているかのようで、木にすがりついて、ようやく立とうとする男の背中を力一杯踏みつけた。

そして、足を払って男を木の根元に転がすと、

「何やってんだ！　立て！——立ってみろ！」

と、男の腹といわず胸といわず、顔までもけとばし、踏みつけた。

男が呻きながら、鼻血で顔中を血だらけにして、研一の方へ、拝むように手を合せていた。

その哀れっぽさが、いっそう研一を荒れさせた。

「研一！　よせってば！」

仲間の声で、ハッと我に返ったとき、研一は、汗びっしょりになっていた。

肩で息をつく。——夢中になって、男をけり続けていた。

もう、男は全く動かなくなっていた。研一にけられても、呻き声一つ上げない。

「——もう行こうぜ」

と促《うなが》されて、研一は肯《うなず》いた。

「そいつ……どうしたんだ？」

「知るかよ」

と、研一は言った。「気絶してるのさ。放っときゃいい」

「ああ……」

研一も、そして他の三人も、分っていた。

男は死んでしまったのだと。

しかし、それを口に出す者はなかった。

「次の電車に間に合せようぜ」

「何か口実を……」

「雨がいい」

と、研一が言った。「この辺だけ、突然雨が降ったってことにすりゃいいよ。あんだけ離れてんだ。分りゃしねえ」

「それ、いいな！　雨宿りしてたか」

「研一、冴《さ》えてるじゃねえか」

「まあな」

研一は笑った。

木立ちにもたれて、もう動かない男のことなど、忘れてしまっていた。

研一たちは、いつも通りの足どりで、駅へと向って急いだのである。

そして——二十年。

2

そのカップルが何という名前だったかなんて、どうでもいい。

少なくとも、ここでは必要ない。

二人は、ただ夏の週末の夜、この公園でいちゃついている沢山《たくさん》のカップルの一つだったのだ。

「ねえ」

と、女の子の方が口を尖《とが》らして言った。「座りたいよ」

「だって、空《あ》いてねえんだから、しょうがないじゃん」

男の子は、公園のベンチが全部カップルで埋まっているのを自分のせいにされても困るのだった。

実は、女の子が文句を言っているのは、そんなことではなかった。

ホテル代をケチって、こんな公園のタダのベンチをあてにしている男の方に文句があったのだ。

「——しょうがねえな」

と、男の子が散々迷ったあげく、「じゃ、その辺でお茶しようか」

「うん」

と、女の子はホッとした様子で、公園を出る陸橋の方へと向った。

「——待てよ」

と、男の子が足を止めると、「せっかく来たんだ。何か記念に残してこうぜ」

「早く行こうよ」

「すぐすむって」

男の子は、ポケットからナイフを取り出して刃を出すと、「俺《おれ》たちの名前を刻んでいこう」

「よしなよ、そんなこと」

女の子の方はうんざりしている。

「すぐだよ！」

男の子は一本の木に近付くと、「——ここに二人の名を彫ってやる」

と、ナイフを木の幹へと突き立てた。

すると——。

「おい」

と、男の子が振り向いて、「今、何か変な声上げたか？」

「私が？　いいえ」

「何だか……。ま、いいや」

幹を彫り始めると、また——。

「今の、聞いた？」

と、今度は女の子の方が、「悲鳴みたいだった」

「でも、どこから聞こえるのかな」

「もう行こうよ。ねえ」

「すぐすむって！　あれ？」

何だか、手がベタベタする。

樹液でも出たのか、とナイフを抜いて、街灯の明りに照らすと、

「ヒッ！」

と、男の子が妙な声を上げた。

「どうしたの？　けがしたの？」

と、女の子が訊《き》いたのは、男の子の手が血だらけになっていたからである。

「違う。俺じゃねえよ」

「だって……」

女の子は木の幹へ顔を近付けると、そっと指先で、ナイフが刻んだ跡をなぞった。

「――血が出てる」

真赤になった指先を見て、女の子は震える声で言った。「この木、血を流してる！」

ワーッと声を上げ、二人は公園から逃げ出した。

仲良く一緒に逃げたわけではない。二人して別々に、相手のことなんか構わずに逃げたの

だが、たまたま同時になったのである。

「おい、これ見たか」

社長の筒見がポンと投げてよこしたのは、スポーツ紙のニュース欄《らん》。

「何でしょうか」

仕事を終えて、くたびれていた町田藍は、その新聞を拾って見るのもいやだった。

「〈夏の夜の怪！　すすり泣き、血を流す木〉だ。今、大変な話題らしいぞ」

「そんなのインチキですよ」

「インチキだろうが何だろうが、構やせん。要は客を呼べればいい」

と、筒見は言った。「夏の夜だぞ。怖く盛り上げれば、客はキャーキャー言って喜ぶ」

「私、いやです」

と、藍は言った。

「そう言うな。——ね、町田君」

と、猫なで声を出して立ってくると、「ウチのような小さな会社は、アイデアで勝負するしかない。分ってるだろ？　君の、その霊感が頼りなんだ」

と、肩に手を置かれたりすると、そっちの方がよほど「ゾッとする」のだが、藍はため息をついて、

「社長命令ですか」

「ま、そういうことだ」

藍は、折りたたんだ新聞を取り上げて、

「分りました。——行ってみます」

「ありがとう！　じゃ早速ツアーを募集しよう。何がいい？　〈夏の夜の怪談ツアー〉か」

「あんまり趣味悪い名はやめて下さいね」

半ば諦《あきら》めつつ、藍は言ったのだった……。


「この公園か」

運転手の君原志郎が、ハンカチで汗を拭《ふ》きながら、「——ま、この辺、適当に停《と》めとけるだろ」

「木一本で、何時間ももたせられないわ」

と、藍はため息をついて、「どうして、こんな仕事ばっかり回ってくるの？」

「仕方ないだろ、君がそういう能力を持ってるからだ」

そう言われれば、何とも言い返せない。

「中へ入ってみましょ」

——いつも組む運転手の君原と二人、この公園の〈血を流す木〉を見るツアーをやった場合、バスを停めておけるか、などを確かめに来たのである。

町田藍には、人にない能力——霊の存在を感じとる力があった。

それで何度か人助けや、浮かばれない霊のために働いて来て、そのこと自体は良かったと思っている。

ただ、社長の筒見が、それに目をつけて、何かというと〈霊感ツアー〉を企画したがるのが悩みの種《たね》。

幽霊が出る、と噂《うわさ》が立っても、十の内九つはでたらめか、TV局のやらせ。

そんな所へ、素直に幽霊の存在を信じている客たちを連れて行って、いかにもそれらしく怖がらせるなんて……。

「詐欺《さぎ》だ、あんなの」

「そう言うな。客の方だって、分ってて騙《だま》されてるのさ」

と、君原が言った。

それは藍も分っている。——商売、と割り切ってしまえばいい。

でも——なまじそれが本物だと、藍の胸は別の意味で痛む。

迷い、地上に残っている霊は、気の毒な目に遭《あ》った人たちのものであることが多い。

それを商売に利用するのは、気の重いことだったのである。

でも、人間、食べていかなくては。

〈すずめバス〉にとって、藍の霊感ツアーは「稼《かせ》ぎ頭《がしら》」なのである……。

「あそこらしいぜ」

と、君原が言った。

人だかりがしている。

近付いてみると、TVのリポーターが、その問題の木の前で、TVカメラに向ってしゃべっていた。

「さあ、これがその〈すすり泣き、血を流す〉という木です」

と、後ろの木を手で触って、「見たところ、どこといって、変ったところはありません」

藍は、人波を分けて、何とか覗《のぞ》ける所まで来た。

「はたして、本当にこの木が泣いたり血を流したりするのでしょうか？」

女性リポーターがナイフを取り出した。

「ちょっと……」

藍は思わず呟《つぶや》いた。

もちろん、九十九パーセントはでたらめだろうが、万一本当にこの木が「痛みを感じて、血を流す」としたら……。このリポーターの女性は、それにナイフで切りつけようというのだ。

「では、その噂が本当かどうか、私がためしてみたいと思います」

と、木の幹にナイフの刃を突き立てようとした。

見ていて、藍は思わず叫び声を上げそうになった。

だが——ナイフの刃が幹に刺さる前に、

「待った！」

と、鋭い声がかかった。

女性リポーターがびっくりして手を止める。

声をかけたのは、作業服姿の男で、

「何をしようというんです？」

と、歩み寄って、「ナイフをしまって下さい」

「どなた？　私、仕事でやってるのよ」

と、リポーターがむくれる。「勝手にカメラに入らないで下さい」

「勝手はそっちでしょう。私はこの公園の管理責任者です」

と、男は言った。

「取材の許可はちゃんと取ってあります」

「しかし、木を傷つけるのは困ります。これは都民の財産です。ナイフで傷をつけたりしたら、公共物破損になりますよ」

法律を出されると、TV局も弱い。

「だって……これがなきゃ、取材にならないんですもの」

「それは私に関係ないことです。花見の客が枝を折れば注意する。それと同じことです」

「そんなこと……」

と、リポーターは顔をしかめて、「取材しなきゃ、帰れないんです。ほんのちょっとなんですから。いいでしょ？　ね、お願い」

と、甘える作戦に出た。

「どうしてもというのなら、この木に傷をつける許可を取って来て下さい」

そんなことが許可されるわけがない。

「分りました」

と、リポーターはムッとした様子で、取材クルーの方へ、「引き上げましょ。仕方ないわ」

と、声をかけた。

「何だ、つまんない」

と、見物の間から声が上ったが、といって代りにその木に刃物を振おうという度胸のある者もない様子だった。

ＴＶの取材クルーがいなくなると、自然、野次馬も消えていった。

「あの人に、バスツアーで入る許可を、どこでもらえばいいか、訊いてみましょ」

と、藍はその作業服の男の方へ行きかけたが、見物人の中にいた小太りな男が、足早に藍を追い越して行った。

「――おい、桜井」

と、その小太りな男は、作業服の男に呼びかけた。

「え？」

と、びっくりして男が振り向く。

「桜井だろ？　俺だ、永田《ながた》だよ」

桜井と呼ばれた管理人は、目を大きく見開いた。しかし、一瞬の内に、その表情はこわばって、

「放っといてくれ!」

と、投げつけるように言うと、クルッと背を向けて行ってしまおうとする。

「おい、待てよ!——桜井!」

永田という名の小太りな男は、追いかけて行って、しきりに何やら話しかけていたが、その声はもう藍には聞こえなかった。

「——何だかわけありね」

と、藍は言った。「行きましょうか。許可願の届出先は、事務所で訊けば分るわ」

「うん」

と肯いたものの、君原は何やら気にかかっている様子。

「どうかしたの?」

「いや、今のTV局の連中さ」

「あの人たちがどうしたの?」

「いやにアッサリ、諦めたと思わないか」

「そう言われてみれば……」

「どうも怪しいな」

「つまり……」

君原はニヤリと笑って、

「どうだい？　今夜、一緒に夜食を食べないか？」

と言った。

3

「どうだい、このバーガー？」

と、君原が差し出すのを受け取って、

「いただきます」

と、藍はかぶりついた。「——おいしい」

「だろ？　有名じゃないが、ここのハンバーガーは旨《うま》いんだ」

「変な自慢ね」

と、藍は笑って、「でも、夜食を一緒に、なんて言うから、色っぽい誘いなのかと思ったわ」

「がっかりした？　それともホッとした？」

藍は少し考えて、

「——両方かしらね」

と言った。

——二人は、あの公園にいた。

夜になっても、門があるわけではないので、人は入ってくる。

夏の夜となれば、どのベンチもアベックで一杯。藍と君原は早い内から座っていたので、立ち往生《おうじょう》をしなくてすんだ。

「そろそろかな」

と、君原が言った。

「直感？」

「エンジンの音さ。今聞こえた音が、あのTV局のクルーのワゴン車とよく似てる」

「へえ……」

藍が見ていると、本当に数分後には、昼間の、あの女性リポーターと、カメラマンなどのスタッフが現われた。

「さすが、運転手」

「まあな。しかし、あの桜井とかって管理人だって、自分がいなくなりゃ、勝手にやっていけるって分ってるはずだがな」

「見なければ、なかったのと同じってことでしょ」

藍は、あのリポーターが例の木の前に立って、強いライトの中に浮かび上るのを見た。

「——止めるか？」

と、君原が言った。

「今止めても、また来るわ。同じことよ」

と、藍は言った。「見ていましょう」

リポーターはカメラに向って、

「今、真夜中です」

と、口を開いた。「私は今、話題になっている、〈血を流す木〉の前にいます。泣き声を上げ、血を流すというこの木の噂が、果して本当なのかどうか。この目で確かめてみたいと思います！」

真夜中というほど遅い時間ではないが、そこは「脚色」したのだろう。

藍は、リポーターの女性がナイフを手に、その木へ近付いて行くのを見ていて、胸がキュッと痛くなるのを覚えた。

やめた方がいい……。やめて。

しかし、リポーターは、ためらいもせず、その刃先を木の幹へと突き立てた。

その瞬間は、何ごともなかった。――拍子抜けしたような沈黙。

「何も聞こえませんね。やっぱり、あの話は――」

と、リポーターが言いかけたとき、木が一瞬身震いしたように見えた。

「キャッ！」

リポーターもびっくりして飛びのいた。

ナイフが幹から抜け落ちると――細い、しぼり出すような悲痛な叫びが響いた。

そして、木の幹から、静かに真赤な液体が流れ落ち始めた。

「血だわ！――見て下さい！　血が出ています！」

リポーターの声が上ずっている。

「ちゃんと撮《と》って！」

と、カメラマンへ叫ぶが、カメラマンの方は近付こうとはせず、ズームアップをしてすませていた。

リポーターも真青になって、後のコメントも出せずにいる。

そして一人が、

「引き上げよう！」

と口に出すと、一斉《いっせい》に、その場の片付けも大あわてで、逃げるように行ってしまった。

「驚いたな」

と、君原が言った。「本当だったのか。それとも何かトリックでも？」

藍は、ゆっくりとその木へ近付いて行った。

木の幹は濡《ぬ》れていた。そっと手をのばして指先を触れると――確かに血らしいものがついてくる。

そのとき、藍はふと気付いた。その木の根っこの所に、うずくまるようにして一人の男が座っていた。

「あなたは？――何してるんですか？」

と、藍が訊くと、男はゆっくりと顔を上げた。

男の額からは、血が流れ落ちていく。

「おい、どうした？」

と、君原が言った。「何をひとり言ってるんだい？」

「え？」

一旦《いったん》君原を見て、再び木の根元を見ると、もうその男の姿は消えていた。

今の男は……。

「大丈夫か？」

と、君原が訊く。

「ええ」

藍は肯いて、「――TVで今の画《え》が流れたら、ますます騒ぎになるわね」

「許可が出るかな」

「そこは何とか――。社長さんに交渉してもらいましょ」

「なるほど、そりゃいいや」

藍は指先を見た。――ついていた血が消えている。

「ありがとう」

「――何が？」

「いえ、こっちの話」

と、藍は言って、「さ、今夜は引き上げましょ。疲れたわ」

と促した。

4

午後三時、正確に玄関のチャイムが鳴った。

「お客様かしら」

母、純江《すみえ》がベッドで頭を上げた。

「寝てていいわよ」

のぞみは立ち上って、玄関へと出て行った。

「——はい」

ドアを開けると、背広姿の男が立っている。

「——いらっしゃいませ」

と、のぞみは言った。

「のぞみ、どなた?」

「沖田《おきた》さんよ」

と、のぞみは答えて、「お母さん、起きて来なくていいから——」

しかし、純江は、寝衣《ねまき》姿で奥から出て来ると、

「まあ、どうも……」

と、玄関に膝をついた。「いつもすみません」

「いやいや。どうです、具合は？」

と、沖田は愛想良く訊いた。

「はあ、特別悪くもないんですが、良くもならなくて……。もう少し良くなれば、仕事にも出られると思いますけど……」

「いや、無理をしないで下さい」

沖田は手を振って、「お元気になりかけたところで、また無理をされては、却《かえ》って長引くだけですよ。私どもも、無理に少しぐらい返していただいても仕方ないんで、ちゃんとお元気になられてから、全額返して下されば」

「それはもう必ず――」

と、純江は頭を下げた。

「どうも、僕らは冷血な取り立て屋と思われてるんで、悲しいですよ」

と、沖田は笑って言った。

「そんなこと……。沖田さんが、そうして快く待って下さるので、私も娘も、どんなにありがたいと思っているか……」

「いや、別に感謝して下さるには及びませんよ。これが仕事ですから」

「のぞみ。おいで下さったんだから、お茶でも――」

「お構いなく。会社の帰りに寄ってみたんです。——もう昼食は？」

「さっき、すませたところです」

と、のぞみが言った。

「のぞみさんも、何でもよくやりますね。今どき、こんな親孝行な娘さんはいませんよ」

「それはもう……。娘には苦労をかけて、すまないと思っています」

「よしてよ、お母さん」

と、のぞみは言った。

「では、また伺います」

と、沖田は立ち上った。

「そうですか。——いつも申しわけありません」

純江が、また深々と頭を下げた。

のぞみが玄関先で沖田を見送ると、

「お母さん、もうお布団に入って」

「ええ。いい人ね、沖田さんは」

「そうね」

のぞみは、母が布団に入ると、台所に茶碗《ちゃわん》を運んで、

「——お母さん」

と、声をかけた。「牛乳が切れてたの。ちょっと駅前まで行ってくる」

「ああ、行っといで」

「何か欲しいもの、ある？」

「別にないよ。——眠ってるから、鍵《かぎ》をかけていって」

「うん」

のぞみは、財布を手に、アパートの部屋を出た。

二階から階段を下り、表の通りへ出ると、左右を見回した。

電柱のかげから沖田が姿を現わす。

「——買物に行くと言って来たわ」

と、のぞみは言った。

「一時間やそこらは大丈夫だろ？　乗れよ」

沖田が仕事で乗っている小型車。——のぞみは助手席に座って、シートベルトをした。

もう、この座席になじんでしまった自分が怖い。

沖田は黙って車を走らせると、駅の裏手に固まってあるホテルの一つへ乗り入れた。

「お店が開いてる間に帰らせてね」

と、車を降りながら、のぞみは言った。


〈生きている木？——すすり泣き、血を流す謎《なぞ》の木の秘密とは？　心霊ツアーの元祖、すずめバスが贈る、夏の夜の怪奇ツアー！〉

ちょうど、折りたたんだ新聞の隅のその広告が、ベッドで横になっているのぞみの目に入った。

すすり泣く木か……。

人間だけじゃない。木だって、悲しいことがあるだろう。

でも、人は慣れる。――のぞみも、もう泣くことはなくなった。

むしろ今は、沖田とのあわただしい情事がひそかな気晴らしになっているとも言えた。

いや、こんなことを幸せとも楽しみとも思っていないが、避けられないものなら、せめて「これも大人になるってことなんだ」とでも思わなければ、やり切れない。

ホテルの、冷房の効いた部屋。――沖田はのぞみを抱いた後、シャワーを浴びている。

のぞみはシャワーを使わないことにしている。帰宅して、髪が濡れていたりしたら、母がおかしいと思うかもしれない。

沖田さんはいい人ね、か……。

裸身に毛布を巻きつけて、のぞみはじっと天井を見上げた。

――母が病気で倒れて、もう五年。

のぞみは、高卒で勤め、今年で十年、二十八歳になっていたが、単なる事務職では給料も上らず、特にこの二年は、いつクビになるかと怯《おび》えていた。

去年の暮れ、あてにしていたボーナスがゼロになって、病院の払いができず、切羽詰って、サラリーマンローンで借金をした。

しかし、返済する余裕がどうしても作れない。——取り立てに来たのが沖田だった。

一か月、二か月、頭を畳にこすりつけんばかりにして待ってもらったが、三か月め、沖田は、

「待ってもいいが、条件がある」

と切り出した。

のぞみは、覚悟を決めて、要求を呑《の》んだ。その代り、母には絶対知らせないで、と頼んだ。

それ以来——沖田は気が向くと、フラッとやって来て、こうしてのぞみを連れ出して抱く。

初めは泣いた。でも、今は痛みに慣れてしまった。

——でも、いつまでこんなことを続ければいいんだろう?

沖田がのぞみに飽きたら……。

それが、今ののぞみには恐ろしかった。

のぞみは手を伸して、そのスポーツ新聞をつかむと、〈怪奇ツアー〉の広告を眺めた。

〈すずめバス〉? こんなの初めて聞いたわ。

のぞみは笑ってしまった。

そして、その広告の中身を読み始めたが……。

バスルームのドアが開いて、沖田がバスタオルを腰に巻いて現われた。

「やれやれ。シャワーを浴びたら、何だか腹が減った」

と、ベッドに腰をおろし、「——何を見てるんだ、そんなに熱心に？」

「沖田さん。お願いがあるの」

「何だ？　これ以上は貸せないぜ」

「分ってるわ。そんなことじゃないの。——ね、今度の週末、二人で出かけられないかしら」

沖田は目をパチクリさせて、

「珍しいことを言い出すじゃないか。週末っていうと——」

「土曜日の夜」

「ああ、いいとも。どこへ行きたい？　ディスコか、それとも熱海《あたみ》にでも行って泊るか」

「違うの。——このツアーに参加したい」

と、折りたたんだ新聞を見せる。

「何だ？　俺の持ってたスポーツ新聞じゃないか」

と、手に取って、「すすり泣く木？　何だ、こりゃ？」

「会社で誰かが話してるのを聞いたわ。一本の木が、ナイフで傷つけられたら、泣き声を上げて血を流したんですって」

「馬鹿らしい！　インチキさ、そんなの」

「それでもいいの。ね、一緒に行って」

「そうだな……。ま、大した金でもないか」

「自分の分は払います」

「見損なうな。それくらい出してやる」

と、沖田は言った。

「奥さんにはまずくない？」

「こっちは休日も何もない商売だ。土曜日に出かけたって、ふしぎでもないさ」

沖田は新聞をのぞみへ投げると、「自分で申し込めよ。俺は面倒くさいのはごめんだ」

「ありがとう。じゃ土曜日にね」

「おい、待て」

と、沖田は言った。「それだけで終りってのはないだろう。終った後、どこかへ泊ろう」

「沖田さん。泊るのは勘弁《かんべん》して。母が怪しむわ」

「そうか。――ま、いい。それじゃ、次の機会だな」

「すみません」

「俺は行くぜ」

沖田は服を着ると、札入れから一万円札を一枚抜いて、テーブルに置いた。

「こづかいだ」

「すみません」

初めの内、お金をもらうことは拒んでいたが、一度もらってしまうと、何でもなくなった。

そんな自分が怖いが、今はどうすることもできない。

「電話だ」

沖田は、ケータイが鳴ったので、上着のポケットを探った。

「——もしもし、沖田です。——もしもし、誰?」

「俺、永田だよ」

と、聞いたことのある声。

「永田?——永田か!」

沖田はびっくりして、ベッドにまた腰をおろした。「懐しいな!」

「勤め先へかけたら、このケータイを教えてくれた。構わなかったか?」

「ああ、いいよ。どうしてる?」

「まあ、不景気で大変だけど、何とかやってるよ」

「そうか、何か用事だったのか?」

「あのな——滝川《たきがわ》が死んだ」

沖田は、しばし言葉が出なかった。

「——今、何だって?」

「滝川さ。あのころの仲間の——」

「分ってる! 死んだって言ったのか?」

「そうなんだ」

「滝川が……。信じられないよ」

「うん、俺も聞いたとき、冗談かと思った」

「いつ……通夜《つや》とか……」

「もうすんだそうだ。納骨も」

「何だって？　どうして知らせてくれなかったんだ！」

と、沖田は腹立たしげに言った。

「それがな、沖田、滝川の奴、自殺だったんだ」

沖田は絶句した。

「——それで、通夜も葬式も、内輪だけですませたそうだ。よろしく言ってくれ、とお袋さんが言ってた」

「分った。——じゃ、せめて墓参りだけでもしよう」

「うん。な、沖田……」

「何だ？」

向うはしばらく黙っていたが、

「——何でもない。その内、一度会って話そう」

「そうしよう」

「それじゃ」

電話が切れると、沖田はしばらく動けなかった。

「どうしたの？」

と、のぞみが言った。「どなたか亡くなったの？」

「ああ。——高校時代の親友だ」

「まあ、まだ若いのにね」

「若くても、死ぬ奴は死ぬんだ」

と、立ち上ると、「じゃ、俺は行く」

「ええ」

沖田は足早に出て行った。

のぞみは、沖田があれほど動揺しているのを初めて見た、と思った。

「あの人も人間なのね」

のぞみは呟くと、「急がないと、お店がしまっちゃう」

と、あわてて服を着始めたのだった……。

5

「大盛況だな」

と、君原が言った。「もうこれで終りか？」

「待って」

と、藍はリストを見て、「あと二人。――〈春田のぞみさん〉と他一名。ちょうど時間ね」

「集りがいいな、今日は」

君原は、バスの外で手持ちぶさたにしている。

「熱心ね、みんな」

と、藍は半ば呆《あき》れている。

夜八時。――こんな遅い集合時間のツアーというのも珍しい。

しかも、四十人近い参加申し込みがあり、この大型バスが、ほとんど埋まっているのだ。

「よく公園が許可してくれたな」

と、君原が言った。

「熱心に頼んだからでしょ」

「それだけじゃあるまい」

「何よ」

と、藍は君原をチラッとにらんだ。

「君は有名だ。この手の事件じゃ、これまで色々実績があるからな」

「そんなこと……」

「公園の方も、君に何か頼んでるんじゃないのか？」

藍はため息をついて、

「社長に言わないでよ」

「分ってる」

「つまり——あの木に、何か悪い霊でもとりついてるんだったら、何とかしてほしい、ってことなの」

「やっぱりな。そうでもなきゃ、ＯＫが出ないさ」

「でも、私は何も約束しなかったわ。私、エクソシストじゃないんだもの」

「しかし、君がその浮かばれない霊の話を聞いてやれば、成仏《じょうぶつ》してくれるかもしれないぜ」

「私なんか、ただのバスガイドよ」

と、藍は言った。「あんまり変な期待を持たれても困るの。——あれかしら」

タクシーが停《とま》って、若い女が降りると、すぐにバスの方へ駆けて来た。

「すみません、遅れて！」

と、息を弾ませ、「これ、〈怪奇ツアー〉ですよね」

「そうですよ」

と、君原が答えた。「そして、これがわが〈すずめバス〉の誇る、霊感バスガイド、町田藍です！」

「余計な説明しないで」

と、藍は君原をつついて、「乗ってて。——〈春田のぞみ〉さんですね」

「はい」

「お一人ですか？」

「いえ、連れは今、タクシー代を払って、すぐ来ます」

「大丈夫ですよ。充分時間は余裕がありますから」

藍は、タクシーから降りた男が、少し不機嫌そうにやって来るのを見た。

「いらっしゃいませ」

「これが、〈すずめバス〉か」

「はい。ようこそおいで下さいました」

「俺が来たかったわけじゃない」

「沖田さん。乗りましょうよ」

と、春田のぞみが促した。

「ああ……。何だ、いやに混んでるな」

「少し後ろの方に、お席がございます」

と、藍は言って、「――では、出発いたします」

扉がシュッと音をたてて閉じ、バスが動き出した。

「――皆様、本日はすずめバス、〈すすり泣く木の謎、怪奇ツアー〉にご参加下さいまして、誠にありがとうございます」

マイクを手に、淀《よど》みなく言葉が出てくる。

「本日、お供いたします、ドライバーは君原、ガイドは私、町田藍でございます」

すかさず、

「待ってました！」

と、声が飛び、ワッと拍手が起る。

何しろ、ここの〈怪奇ツアー〉は色々起るというので、その手のマニアには有名で、藍のファンも多いのである。

「ありがとうございます」

と、藍はニッコリ笑って、「本日、訪れますのは、今、大きな話題となっております、S公園の中のふしぎな木でございます」

藍は、その木をめぐる噂を紹介した。——むろん、自分が経験したことは黙っている。

「果して、問題の木には、どんな因縁《いんねん》がこめられているのでしょうか？」

と、藍が言うと、乗客から、

「木をナイフで削ってみてもいい？」

と、声が上った。

「それはできません。あの公園は都営でして、見学許可を得るとき、くれぐれもそういうことをしないように、と念を押されました」

失望の声が洩《も》れたが、

「——大丈夫」

と、なじみの客が言った。「あのガイドさんがいれば、何か起るよ」

変なことで請《う》け合ってもらっても困るのよね、と藍は思った……。

玄関のドアを叩《たた》く音で、春田純江は、ベッドから起き上って、

「はい。——はい、お待ち下さい」

と言ったが、声にも力が入らないので、外までは聞こえていない。

相変らずドアを激しく叩く音。

純江は、それでも精一杯急いで寝衣の上に一枚はおると、玄関へ出て行った。

「——どなた様でしょう？」

ドアを開けると、一見してヤクザ風のサングラスの男。

「春田のぞみの家だな」

「はあ……。どなた様で」

「いねえのか」

「今、出かけておりますが」

「フン、そうか。いつ帰る？」

「あの——のぞみにどんなご用でしょう？」

純江はおずおずと訊いた。

「仕事に出てもらうなら、早い方がいいと思ってな。いねえんじゃ仕方ねえ。また明日来るよ」

と、肩をすくめる。

「あの、ちょっと待って下さい」

と、純江は呼び止めて、「のぞみが仕事にって、どういうことでしょう?」

「何だ、知らねえのか? 借金が返せねえから、風俗の店で働いてもらうんだ」

それを聞いて、純江はヘナヘナと座り込んでしまった。

「そんなことは……聞いていません。沖田さんが、私が元気になるまで待つとおっしゃって下さって……」

「沖田が?」

と、男は笑って、「沖田からの話だぜ、これは」

「——まさか」

「じゃ、お前の娘に訊いてみな。借金の返済を待ってもらう代りに、ずっと奴の情婦になってるんだ」

純江が青ざめた。

「のぞみが……」

「同じことだろ。沖田にやらせてたことを、客にやらせりゃいいんだ。金になるしな。——おい、何だってんだ?」

純江が思いつめた顔で、ヨロヨロと立ち上ると、台所へ行き、両手で包丁を握りしめて戻って来た。

「帰れ!」

と、気迫の声で、「あの子にそんなこと、させるもんか！」

「落ちつけ！　おい、分った。帰るから、そんなもん——危いぜ」

男も、病身の純江が目をカッと開き、包丁をつかんでやって来るのを見て、ゾッとしたのか、あわてて出て行った。

「二度と来るな！」

と叫ぶと、純江は玄関の上り口にペタッと座り込んでしまった。

「のぞみ……。のぞみ……」

あの子が、沖田の……。

しかも、自分は何も知らずに、「いい人だ」などと言っていた。

「のぞみ……」

純江は両手で顔を覆《おお》って泣き出した。

6

のぞみは、S公園が近付くにつれて、沖田が無口になっているのに気付いた。

「——どうしたの？」

と訊く。

「別に」

と、沖田は肩をすくめ、「S公園ってのは昔、よく通《とお》ったんだ」

「学校か何か？」

「進学塾に通ってたときな」

「ああ……。そうだったの」

「お前は、どうしてこのツアーに来たかったんだ？」

——二人の席は、前の方の席だった。

若いカップルが、

「後ろの席がいい」

と言い出したので、交替したのだ。

藍は、二人の話に耳をそばだてていた。

「S公園って聞いて……。父のことを思い出したかったの」

「親父《おやじ》さんのこと？」

「父は私が八つのとき、死んだ。それは話したわね」

「ああ」

「病気じゃないの。殺されたのよ、S公園の中で」

沖田はチラッと窓の外へ目をやった。

「——父は四十五だった。遅く生れた私のことを、とても可愛がってくれたわ」

と、のぞみは言った。「あの晩、父は上司に誘われて、飲めないお酒を無理に飲み、ひどく具合が悪かったらしいの」

「S公園に?」

「帰る前に、少しでも酔いをさまそうとしたんだと思う」

と、のぞみは言った。「そこを——誰かが襲ったの。抵抗できない父を、犯人は何度もけとばしたらしいって警察の人に言われたわ」

のぞみの声が震えた。

「内臓破裂で父は死んで、犯人は結局分らなかった。——突然、父の収入が途絶えて、母が必死で働いて、私を高校までやってくれたわ。でも、疲れがたたって、母も……」

のぞみはため息をついて、「犯人が憎いわ。父を殺しただけじゃない。母だって、父が生きてれば、あんなに無理をしなくて良かったでしょう。私だって……」

と、言葉を切る。

「——俺と、こんなことにならずにすんだ、か」

「ごめんなさい。でも——」

「分ってる。そう思って当然だ」

沖田は外を見て、「そろそろだな」

と言った。

バスはS公園に近付いていた。

「離れずについて来て下さい」

と、藍が先に立ってS公園の中へ。

「おやおや」

「わあ、凄《すご》い」

と、客の間から声が上る。

並んだベンチを埋める恋人たちの姿が圧巻だったのである。

藍は、その中を抜けて、問題の木へと向ったが——。

「何しやがる！」

と怒鳴る声。「泥棒め！」

誰かとラブシーンを演じていた若い男のバッグを、中年の男が盗もうとしたらしい。

「ごめん、ごめん。——な、許してくれ」

と、地べたに座り、手をついて謝る。

「向うへ行っちまえ！」

と、けとばされかねない勢いで追い立てられたその男は、立ち上って、フラフラと歩き出す。

その中年男が、街灯の光に照らされると、

「永田！」

沖田がびっくりして、駆け寄った。「永田じゃないか！　何してるんだ？」

虚《うつ》ろな表情で沖田を見ると、

「沖田……。お前もか」

「何がだ？」

「俺はな、この間、滝川が死んだと知らせてやった翌日、突然の人事異動でリストラされたんだ」

「何だって？」

「結局、うちへも帰れず、ここで野宿して三日めさ」

「永田……」

「お前もここへ呼ばれたのか」

「何の話だ」

「忘れちゃいないだろ。――この公園での出来事」

「よせ。もうとっくに終ったことだ」

と、沖田は、待っているのぞみの方をチラッと見た。

「いや、そうじゃないぜ」

「どうしてだ」

「滝川はな、この公園の中の木で首を吊《つ》って死んだんだ」

「何だと？」

「それに、俺だけじゃない、桜井も……」

「奴はな、仕事を替えられて、この公園の管理人だぜ。——みんながここに。これは偶然じゃない」

「桜井がどうした」

「じゃ、何だっていうんだ？」

と、沖田は強がっているが、顔から血の気がひいていた。

「——沖田さん、どうしたの？」

と、のぞみがやってくる。

「何でもない！　行こう」

と、沖田は、のぞみの腕を取って、他の客の後を追った。

「——これが、今話題の木です」

と、藍は言った。

みんな近寄って、こわごわ木に触れたりしている。

二人でじっと立っている沖田とのぞみの方へ歩いて行くと、

「お二人も、木に触ってみれば？」

「ええ」

「俺はいいよ。馬鹿らしい！」

のぞみが、その木のそばで足を止める。

「——父は、この木の根元に倒れて死んでたんです」

やはりそうか。

「じゃ、お父さんの悔しい思いが、この木にのり移ったのかもしれませんね」

「ええ、私もそんな気が……」

のぞみは、近寄ると、そっと両手を木の幹に当てた。

その瞬間、木が震えた。

「キャッ！」

と、客たちが青くなる。

「この木、今、動いたわ！」

「ね、確かに」

と、口々に言った。

藍は、ポケットから小さなナイフを取り出し、刃を出すと、

「春田さん。これを」

と、のぞみに手渡す。

「これを……」

「これで、幹を突き刺すんです」

「そんなこと——」

「あなたなら大丈夫。お父さんはあなたに何か言いたいことがあるんですよ」

「――そうでしょうか」

のぞみは、ナイフをしっかりつかむと、木の幹に刃を突き立てた。

すると――オーンというような悲しげな声が響いて、木が大きく揺れた。

みんな一斉に後ずさった。

そして――ナイフの刺さった所から、血が流れ出たのだ。

「血だわ！」

と、叫びが上る。

その血は道へと広がって来たが――。

そこから、ふしぎに広がっていかず、細く帯状になって、どんどん一つの方向へと向って行った。

そして、その流れは、立ちすくむ沖田の足下《あしもと》へ達した。

そこで、血だまりが広がって行った。

沖田は青ざめたまま、動くこともできない。

「――沖田さん」

と、のぞみが言った。「どういうことなの？」

沖田が、血だまりの中に膝をつくと、

「許してくれ！」

と叫んだ。「殺す気じゃなかった！　苛々してたんだ！」

「沖田さん……。あなたが？　あなたが父を？」

のぞみは、沖田の前へ進み出ると、手にしたナイフを、沖田の前へ突きつけた。

沖田がギョッとしてのけぞる。

「自分で自分を刺してごらんなさい！」

と、のぞみは烈《はげ》しい怒りをこめて言った。「人に与えた痛みを、自分が感じてごらんなさい！」

沖田は両手をついて、

「悪かった！――許してくれ！」

と、頭を下げた。

「いいえ！　父の悔しさを、あなたが分るまで、許すもんですか！」

のぞみが涙声で言ったとき、あの木が揺れた。

それは、ゆったりと穏やかな揺れ方で、ハッとのぞみを振り向かせた。

のぞみは見た。――木にもたれて立っている父の姿を。

「お父さん……」

父は微笑《ほほえ》んでいた。そして肯いて見せた。

もういい。――もう充分だよ、と言うように。

のぞみが沖田を見て、再び木の方へ目をやったとき、もう父の姿はなかった。――その代り、倒れていたのは藍だった。

「まあ！　バスガイドさん！」

と、のぞみが駆け寄って抱え起すと、

「ああ……。お父さんと会えました？」

と、藍は喘ぎながら言った。

「はい！　じゃ、あなたが？」

「お父さんに頼まれて。――でも、普通の人に見てもらうのは大変なんです」

よろけつつ、やっと立ち上り、「きっと何キロもやせたわ。ダイエットになったかしら」

「ありがとう！」

「どういたしまして。これも〈すずめバス〉ならではのサービスで」

「私、毎日でも乗りますわ」

と、のぞみは言った。

藍は、血だまりの中に座り込んで泣いている沖田の方へ歩み寄ると、

「あなたのできる償《つぐな》いは、娘さんやお母さんの力になってあげることですよ」

と言った。

「分っています」

沖田は顔を上げ、「できる限りのことは……」

「もういいわ。立って下さい」

と、のぞみが言った。

「でも——血だらけで」

「血じゃありませんよ」

と、藍が言った。

「え？」

沖田の周りに広がっていたのは、ただの水たまりだった。

「さあ、立って。——人一人殺せば、その人だけじゃなくて、その人とつながる何人もの人たちを苦しめるんですよ」

「——あのとき、そこまで考えていたら」

沖田はうなだれて、「この木に、これからいつもお詫《わ》びに来ます」

藍は木の根元にしゃがみ込んでいるのぞみの父、春田の姿を見た。

「ありがとう」

と、春田は言った。「君のおかげだ」

「どういたしまして」

と、小声で答える。「もし、お礼したいとおっしゃるんでしたら……」

「何だね？」

「このツアーのお客が来たとき、ちょっと声なんか出してみたりしていただけます？　こっちも商売なんで」

「お安いご用だ。でも、刃物は勘弁してくれ」

と、春田は言って、ニヤリと笑った。

「ただいま、お母さん」

玄関のドアを開けて、のぞみは戸惑《とまど》った。

中が真暗なのだ。

「お母さん？」

のぞみは、一緒に来た藍の方へ、「待って下さいね。今、明りを」

と言って、先に上り、明りをつけた。

「――お母さん」

純江が茶の間に座っていた。目の前に包丁を置いている。

「どうしたの、お母さん？」

「のぞみ。――何も知らなくて、ごめんね」

と、純江は頭を下げた。

「やめてよ、そんな……」

「お前に悪くて……。死のうと思ったんだよ」

「ええ？」

「そしたらね――お父さんが現われてくれたの」

「お父さんが？」

「うん。それでね、何もかもうまくいったから心配するなって言ってくれたの」

と、純江は言った。「暗くしてくれって言うから明りを消したらね、キスされたの」

純江が真赤になる。

のぞみは、藍の方を振り向いて、

「あの――母です」

と言った。


「――町田君」

社長の筒見が、戻った藍を手招きした。

「何でしょうか」

「あの〈怪奇ツアー〉、大成功だよ！　大いに助かった」

「じゃ、お給料を上げて下さい」

「それはそれ。早速次の企画を、と思ってね」

と、筒見は新聞を広げ、「な、こりゃどうだい？　〈人の言葉を話す？　ふしぎな飼猫！〉」

「はあ……」

「これを、〈化け猫ツアー〉に仕立てられないかな。どう思う？――町田君！　ちょっと、君――」

藍は振り向いて、

「それ以上言うと、私が化けて出ますよ」

と言ってやった。

そして、バスを掃除しに、オフィスから出て行ったのだった……。

怪獣たちの眠る場所

1

「社長がお呼びよ」

そう言われたら、特別に霊感を持っていない人間だって、「いやな予感」というやつに捉《とら》えられるものである。

「何かしら」

と、町田藍は〈すずめバス〉と染め抜いた文字が消えかかったフラッグを手に言った。

「さあ。——いい話じゃないと思うわよ」

と、先輩のバスガイド、山名良子は言った。「クビか減給か——。あんた、何かやったの？」

「やめて下さいよ」

と、町田藍は苦笑した。

「冗談よ。あんたは我が〈すずめバス〉の貴重なスターなんだから。大丈夫よ」

と、良子は藍の肩をポンと叩いた。

そんなこと言われたって、ちっとも嬉《うれ》しくない。

藍は、気の進まないまま、古びた社屋の中へと入って行った。

「——お呼びですか」

と、社長の前に立つと、

「やあ、町田君！　ま、かけてくれ」

社長の筒見哲弥は、いやに愛想が良かった。

悪い予感は当るものだ。

「わが社の最近の成績は、どうも今一つ振わん」

今一つ、どころか、今八つぐらいだ。

「ここは一つ、やはり何か起死回生のプランで、〈すずめバスツアー〉を満員にするしかない」

「社長——」

と、藍が言いかけると、

「いや、君の気持は良く分る」

「そうですか」

と言って、藍は立ち上った。「では失礼します」

「ちょっと待ちたまえ。話の途中だ」

「でも、私の気持は良く分る、とおっしゃったので、もうお話しする必要はないかと」

「それは君、言葉の綾《あや》っていうもんじゃないか。〈リンゴの気持はよく分る〉といったって、本当にリンゴの気持が分るわけじゃないだろう」

出てくる歌が古い！

「――ともかく、〈霊感ツアー〉は勘弁《かんべん》して下さい」

と、藍は言った。「その内、公正取引委員会に文句を言われますよ。あんまりインチキをやっていると」

「心配するな。決してそんなことはない」

と、社長の筒見は断言した。

「どうして分るんですか？」

「公正取引委員会は、こんなちっぽけなバス会社のことを考えるほどヒマではない」

何となく、納得してしまうところが怖い。

「でも、万一やるとしても、現実に人殺しのあった所とか、子供が消えた所とか、そんなのは人の不幸を利用してるみたいでいやです」

と、藍が言うと、

「だけど、そのおかげで、長いこと閉じこめられてた子を助け出したじゃないか」

と、言葉を挟んだのは、運転手の君原志郎である。

どうしてこんなバス会社にいるのかと思うほどの美男子。――正直、ここのバスガイドは、この君原と組むことだけを楽しみに働いていると言っても過言ではない。

「あれは偶然よ」

「しかし、君の霊感が捜し当てた。そうだろ？」

確かに、町田藍の持っている唯一の才能は、〈霊感が強いこと〉だった。人に見えない幽霊も見えることがよくある。

でも、好きで見ているわけじゃないのだ。見えてしまうのである。

「そこでだ」

と、筒見は続けた。「ここはやはり、君に一肌脱いでもらうしかない、という結論に達するわけだ」

「途中抜きで、いきなり結論ですか」

「すると君は何かね？　君原君や、仲間のガイドたちが失業者になっても構わんと？」

そう言われると、藍も弱い。

「でも……。一体何をやるんですか？」

と、仕方なく訊《き》いた。

「やってくれるか！　いや、君が喜んで引き受けてくれたので、私も嬉しい」

筒見は、わざとらしくニコニコしながら、

「実は、私も何一つあてがなくて言い出したわけではない。こういう手紙が来たので、うちとしても何か役に立てないかと思ったんだ」

「どんな手紙です？」

筒見はポケットから封筒を取り出すと、中の手紙を広げ、声に出して読み始めた。

「ええと……。〈拝啓　貴社ますますご隆盛の程、心よりお喜び……〉。なあに、いつ潰《つぶ》れてもおかしくないんですよ、うちは」

「余計なことを加えないで下さい」

「うん。――〈貴社では、幽霊に大変強いバスガイドさんがいらっしゃる旨《むね》、知人より聞きました。実は今、我が家は困り果てております。そのバスガイドさんが、我が家の窮状を救って下さるのではないかと期待する次第なのです〉」

筒見はチラッと藍を見て、ちょっとウィンクなどして見せた。

藍はわざと見えなかったふりをした。

筒見は咳払いをして続けた。

「――ええと、〈困っております事情というのは、こうです。私どもはつい数週間前、今の建売住宅へ引越して参りました。家の造りもしっかりしており、格別不満もなく新しい暮しはスタートいたしました。ところが、十日ほどたったある晩、夕食の最中にＴＶをつけて息子がファンの《地球の戦士・ミラクルマン》を見ていたときのことです……〉」

「――何だ？」

と、父親がご飯を食べる手を止めて言った。「今、揺れなかったか？」

並木《なみき》家では、「父親の言うことは、一回目は無視してよい」という、一般的な家庭の習慣が成立していた。

「おい、今、グラッと――」

「地震？　揺れてないわよ、どこも」

と、妻の麻子《あさこ》が言った。「未愛《みえ》。何か揺れてる？」

中学三年生になる娘の未愛は、しゃべるエネルギーを、夕食後、友だちとのケータイでの会話に取っておくためか、いつも極めて短いひと言で答えるのが常だった。

「別に」

「そうか？　しかし、確かに……」

並木雄介《ゆうすけ》は息子の方へ目をやったが、十歳になる息子の忠士《ただし》は、ＴＶを食い入るように見つめていて、大地震が来ても気が付くまい。

並木雄介は諦《あきら》めて食事を続けることにした……。

だけど、確かにズシン、と何か重いものでも落ちたような震動が――。

ズン。

雄介は、手にしようとした湯呑《ゆの》み茶碗《ぢゃわん》のお茶の表面が細かく震えるのを見た。

今度は、妻の麻子も娘の未愛もそれに気付いた。一人、息子の忠士だけはＴＶに夢中だった。

気が付いてはいたのだろうが、ＴＶの画面から目を離すほどの「大事件」ではなかったのだ。

「何だろうね」

「未愛、窓の外を見てよ」

「何とかザウルス、なんてのが、ノッシノッシと歩いてるかもよ」

窓に近い椅子《いす》に腰かけていた未愛が立って行ってカーテンを開ける。

「何も見えないよ」

中は明るく、表はまだ開発中の雑木林で真暗である。これでは外の様子が見えるわけもない。

「開けてみようか、窓」

「そうね。でも――」

ズン。――今度は床を介して、足の裏にはっきり震動が伝わって来た。

「怖いわ！　何なの？」

と騒ぎ出したのは麻子だった。

「母さん、落ちついて！　工事でもやってるのかもしれない」

今度は、夫の雄介がなだめる側に回っていた。

「何も出てなかったよね」

と、未愛が言って、「開けてみる」

窓のロックを外《はず》し、ガラス戸を開けた。

未愛はじっと目をこらしていたが――。

「何か見えるか？」

「お父さんも見てよ！　何か……暗がりの中で動いているみたいなんだけど」

並木雄介は立ち上って、

「恐竜の出てくる映画みたいに、段々近付いて来るようじゃないか」

「でも、まさか……」

ズン。——それは確実に近くへやって来ているようだった。

「何なの、あなた？」

「分らんよ。こう暗くちゃ……。月も出てないしな」

すると、ＴＶを見ていた忠士が、画面から目を離さずに、

「エビギラスだよ」

「——何？」

「怪獣エビギラスが出て来るところなんだ。ミラクルマンが戦って、やっつけるんだよ」

未愛が、

「勝手に戦ってな」

と言った。「懐中電灯、ないの？」

「ペンシルライトならあるけど……」

「そんなんじゃ見えないよ。——そうだ、台所の棚に、カメラがあったでしょ。あのストロボをたけば——」

「よし」

雄介が駆けて行ってカメラを取ってくると、「──充電ＯＫだ。いいか、光らせるぞ。よく見とけよ」

そのころには、大分闇《やみ》にも目が慣れて、確かに何か黒い影が動いているのを認めていた。

「熊《くま》でも出たんじゃないの？」

「分らん。ともかく──シャッターを切るぞ。いいか」

雄介はカメラを窓から暗い戸外へ向けて、ちょっとためらってから、シャッターを押した。

青白い光が一瞬目の前のものを照らし出した。

光は消えても、残像は闇の中でしばらく残っていた。そして──雄介と未愛が悲鳴を上げたのは、それを見てから数秒後のことだった。

「エビ？」

と、藍が訊いた。「エビって……あの海老《えび》ですか？　伊勢《いせ》エビとかの……」

「そう書いてある」

と、筒見は肯《うなず》いて、「エビの化物が出て来たと言うんだ」

藍はしばし言葉がなかった。

「──エビも幽霊になるのかい？」

と、君原が訊いた。

「私に訊かないでよ。専門家じゃないんだから」

「しかし、君は幽霊が見える」

「見えることもあるの。――そこのところ、間違えないで」

「大して違わないぜ」

「大違いよ！」

と、藍は言い返して、「それで社長――その後はどうしたんです？」

「その日はそれで化物は消えたらしいが、その後も三、四日に一度の割で、この家の近くに現われるらしい」

「何かその――並木さん、でしたっけ。エビに恨まれる覚えでも？」

「心当りはないそうだ」

「何だか、ちょっと、眉《まゆ》ツバものの話ですね」

と、君原が言った。

「しかし、人間の幽霊に比べれば、気が楽じゃないかね、町田君？」

「さあ、それは……。でも、それをツアーにするんですか？〈大エビの幽霊に会うツアー〉？」

「天ぷらにするかエビフライにするか、だな」

と、君原は笑って、「社長、どうせもう広告を出してるんでしょ」

「もちろん！　善は急げだ」

「じゃ、いつ出かけるんですか？」

「今夜、と言いたいところだが、君も心の準備があるだろう。明晩が最初のツアーだ。これまでの〈霊感ツアー〉参加者にＤＭを送ったりして、既に十数人の申し込みがある」

「はあ……」

もう、取り止《や》めるわけにいかないのだ。

——藍はため息をつきながら、

「今夜、天丼《てんどん》、食べとこうかな」

と言った。

2

藍は、少し手前でタクシーを降りた。

「〈エビラ屋敷〉だろ。まだこの先だよ」

と、運転手は言った。

「いいんです、ここで。どうも」

——どうやら、この辺りでは評判らしい。〈エビラ屋敷〉という通称まで、いつの間にか出来ているのだという。

しかし、藍はあえて少し手前から、歩いて行くことにしたのである。

どんよりと曇った、寒い日だった。

まだ、開発中の——というより、開発の途中で放り出されたような土地で、家も大分建っているが、間には空地や、雑木林のままの所も見受けられる。

藍は今夜のバスツアーの前に、一度その場所へ行ってみたかったのだ。特に住宅地は夜になると道に迷いやすく、道を訊く相手もいない。

道順や目印を手帳にメモしつつ、ゆるい上り坂を辿《たど》って行った。

もし本当に何かが出るのなら、こうして現地の空気を肌で感じた方が、霊感が働くのである。

殺せ！

——突然、藍の頭の中で、その声が聞こえて来た。

殺せ！　殺せ！

一人の声ではない。大勢がはやしたてているかのような声だ。

何だろう？——もちろん、現実に今、聞こえているのではない。

人の声は、発せられたとき、エネルギーを持っている。声が消え去っても、かすかにそのエネルギーの波が空中を漂っていて、藍の霊感に届いてくるのだ。

それにしても——何ごとだろう？　こんな静かな住宅地で何が起ったというのか。

「——ここね」

一軒の建売住宅の前で、藍は足を止めた。

そこが「問題の家」だと分ったのは、〈並木〉という表札を見たからではなかった。

玄関のドアや、その傍《かたわら》の壁に、ペンキのスプレーで、大きなハサミを持ったエビのいたずら描《が》きがあったのである。

むろん、家の人が描いたわけではない。どこかの子供が〈エビラ屋敷〉を見物に来て、面白がって描いて行ったのだろう。

こんなことで評判になってしまうと、どんなに人は迷惑するものか。——ドアに描きなぐられたエビの姿を見て、藍は胸が痛んだ。

それにしても……。

「凄《すご》い所に建てたのね」

並木家の傍はまだ未開発の雑木林。しかし、林が丸々残っているというわけではなくて、ポカッと木がなくなって空地になった所もある。

その背後は、ほとんど崖《がけ》と呼んでもいいような急な斜面が、高さ三十メートル近くまでせり上っている。

山のふもとに建った家なのだ。

この林の辺りに、例の「エビの幽霊」は出たのだろう。

藍は、木立ちの間を歩いて行った。

そして空地へ出ると、ふしぎに生あたたかい風が吹いて来る。

何《ヽ》か《ヽ》を感じた。

ここには何かがいる。

しかし、さっき聞いた、「殺せ！」という声のこだまは、もうここでは聞こえなかった。

むしろ、ここにあるのは、静かな哀《かな》しみとでもいったものだった……。

「――あなた、誰《だれ》？」

という声に振り向くと、セーター姿の女の子が立っている。

「あなたは……」

「私は〈エビラ屋敷〉の娘。あなたも見物しに来たの？」

にらむような目つきで、藍をじっと見すえている。

「並木さんのお嬢さん？　私、〈すずめバス〉の町田藍です」

少女の表情がホッと緩《ゆる》んで、

「じゃあ――。幽霊を見ることのできるバスガイドさん？」

「いつも、ってわけじゃないんですよ」

と、藍は言ったが、少女の方は耳を貸さず、

「良かった！　これで救われるわ！」

と、藍の手を握って、「うちへ来て！　ね！　こっちへ」

引張られて、藍は危うく転びそうになったのだった。

「――大変ですね」

としか言えなかった。

ここのエビの幽霊（？）が話題になり始めてから、近くの町からも毎日見物人が押し寄せて、いかに迷惑したか、並木家の主婦、麻子と娘の未愛から聞かされたのだった。

「でも、私どももここを観光ツアーの目玉にしたりして、申しわけなく思っています」

と、藍は恐縮して言った。

「いいえ、あなたが来てくれて、あのお化けと話をつけて下さるのなら……」

と、麻子は言った。

「待って下さい。私はただのバスガイドで――」

「でも、行方不明だった女の子を見付けたりしたじゃないの」

と、未愛が言った。

「それはまあ……。でも、運が良かったんですよ」

「それだけじゃないわ。きっと今度だって。――ね、お母さん」

「本当に」

と、麻子はため息をついて、「主人なんか、だらしなくて、このところ実家に泊りに行っちゃってるんですよ」

「はあ。――逃げちゃったんですか？」

「怖がりなの。男のくせに！　忠士だって」と、未愛は軽蔑《けいべつ》した口調で、言った。

「弟さんですね」

「ええ、五年生です」

と、麻子が肯いて、「でも、未愛、忠士の場合は、勉強ができないから、お友だちの所に泊るって――」

「私だって、中三よ。勉強があるのは同じだわ」

と、未愛は言い返して、「でも私は見届けるの。どんな化物だって、負けるもんですか！」

どうやら、並木家で一番頼りになるのは、この少女らしい。

「町田さん、だっけ」

「町田藍です」

「藍さん。ね、私もバスツアーに参加させて！」

「でも――どうせ、ここへ来るんですよ」

「いいの！　初めから乗っていたいの。ね、お母さん、いいでしょ？」

「だめと言っても、聞きやしないんだから」

「やった！」

と、未愛は笑顔になって、「藍さん、バスに乗るの、〈関係者〉ってことで、タダでいいでしょ？」

誠にしっかりした子だ、と藍はつくづく感心したのだった……。

結局、藍は並木未愛に大いに助けられることになった。

その夜のバスツアー、〈謎《なぞ》の怪物に会おう！　巨大エビの幽霊ツアー〉というひどい名の

(社長の命名である)ツアーは、四十人近い参加者を集めて出発した。

しかし、いつにも増して、今回は現地へ着くまでがもたない。

伝説だの言い伝えだの、目撃談がいくつもあるような話とは違って、今回はエビのお化けである。

即席で仕入れた、動物の霊についての話なども、十五分ほどで尽き、後は何を話していいものか困っていると、未愛が自分から、

「藍さん!」

と、手を上げた。「私のこと、紹介して!」

バスガイドのプライドが少々邪魔をしたが、藍は他に手もないので、

「今夜は特別なお客様にご同乗いただいています。問題のエビのお化けと現実にご対面された、並木家のお嬢さん、未愛さんです!」

ウォーッとバス中が歓声に包まれた。

未愛は、手紙にあった出来事を、更にドラマチックに話して聞かせ、客はみんな夢中。

藍は、運転している君原のそばへ行って、

「助かった」

と、小声で言った。

「そうだな。あと二十分はかかる」

と、君原は言った。「静かな所だな」

「ええ」

藍は、客席を見回した。

こういうツアーは、マニアックなファンが多いので、四十人からの参加者のほとんどはこれまでにも〈すずめバス〉のツアーに参加して、顔を知っている。

だが——一人、全く見たことのない男がいた。

連れもなく、コートを脱ごうともせずに、一人、ポツンと座っている。五十歳ぐらいか、他の客とも口をきかない。

こういうツアーなので、いわゆる「おたく」がかった客も少なくないが、それともどこか違う気がした。

しかし、未愛が話を始めると、その男は一心に耳を傾け、話の一言も聞き漏らすまい、としていた。

藍は、参加者のリストをそっと眺めた。

そう、この人だ。〈玉井《たまい》敏和《としかず》〉。

職業は〈自由業〉とだけしか書いていない。

何か、このツアーに加わる特別な事情が——。

「キャッ!」

バスが急ブレーキを踏んで、藍は危うく尻もちをつきそうになった。

「——どうしたの?」

と、君原へ訊くと、

「つかまれ」

君原の声は緊張していた。「暴走族だ」

バスは走り続けていたが、すぐ前を数台のオートバイが走っていた。

「後ろにもっといるわ」

「まずいな。囲まれた」

バスの右手にも、何台かのオートバイが並走している。左手はガードレール。

バスは、包囲から抜け出せなくなってしまっていた。

「――皆様、ご心配いりません」

と、藍は客に向って言った。「ただ、急に減速、加速をする場合がございます。席をお立ちにならないで下さい」

藍は君原の傍へ行って、

「――何なの？」

「からかってるんだ。しかし、こっちはバイクをはねるわけにいかない。道が分れる所でこっちが行く方へ行かせてくれるといいけど……」

オートバイは、わざとバスの方ぎりぎりに寄せて来て、ボディを足で蹴《け》ったり、クラクションを鳴らして楽しんでいる。

「――藍さん」

「未愛さん、立って来ちゃ危いわ」

「この先が急カーブよ」

「え？」

「あと——一キロぐらい。この辺の暴走族は、いつもその急カーブを猛スピードで走り抜けるの」

「バスはそうはいかない」

「曲りそこなったら、カーブから飛び出して、五、六メートル下の道へ転落よ。今まで何台も車がそういう目にあってるの」

「畜生、スピードを上げて来た」

取り囲むバイクの速度に合せないと、接触してしまう。

既に、バスも九十キロ近いスピードを出していた。

夜道で、先の見通しも良くない。

「どうする？　このスピードじゃ……」

「ぎりぎり曲り切れる速度まで落せば、バイクを何台か巻き込むかもしれない」

「困ったわね」

「お客の安全が第一だ。たとえ、バイクをけちらしても、曲ってみせる」

藍は君原の肩を叩《たた》いた。

もちろん、これでもしバスにはね飛ばされたバイクの乗り手がけがをしても、君原が責められるべきものではない。バスがカーブを曲り切れずに転落しようものなら、死者を出す大事故になるのは必至である。

しかし、いざ裁判にでもなれば、大きなバスの方がどうしても不利なのだ。

「もうじきカーブだわ」

と、未愛が言った。「右手に水道局の白い建物が見えたら、すぐよ」

「ありがとう。君も座っていたまえ。危いからね」

君原の額に汗が光っている。

藍は、君原のこんなに厳しい表情を初めて見た。

「万一のときは、お客さんを頼むぜ」

と、君原が言った。「できるだけ頑張るが、もし、車体の下にバイクを巻き込んだりしたら、どうなるか分らない」

「分ったわ」

藍は肯いて、「思い切ってやって！」

君原は激しくクラクションを鳴らした。

警告のつもりである。しかし、前を走るオートバイは一向に応《こた》えない様子で、左右へ蛇行《だこう》しては面白がっている。

「右手の白い建物が見えたら言ってくれ」

「ええ」

藍は、運転席の後ろの棒につかまって、思い切り足を踏んばると、右側の風景に目をこらした。

ほとんど暗い闇が続いている。

そして——一瞬、白い建物がその中を流れ去った。

「見えた！」

と、藍が叫ぶ。

そのときだった。

前方の暗い道路に、何かが浮かび上った。

「見ろ！」

と、君原が怒鳴った。

道の行く手に、高さ三メートルはあろうかというエビが立ちはだかったのだ。

それは車のライトの中、どう見ても伊勢エビの巨大な姿としか見えなかった。大きな左右のハサミを振りかざし、前を行くバイクにのしかからんばかりに襲いかかった。

もちろん、暴走族の面々も仰天していた。

方向も構わず左右へ散る。傍の木立ちへ突っ込み、ガードレールにぶつかって火花と共に宙へ飛ぶ。

そのエビの化物はたちまちバスの前へ迫って来た。

「真直《まっす》ぐ！」

と、藍は叫んだ。「突き抜けて!」

君原はブレーキを踏んだ。スピードは落ちたが、バスは正面からそのエビの化物へ突っ込んで行く。

だが——それは幻のように、何の抵抗もなく、バスで通り抜けられたのだ。

「カーブよ!」

「任せろ!」

減速しながら、バスはカーブをぎりぎりに曲った。車体がガードレールをこする音がした。

だが、次の瞬間、バスは無事に曲り切って安定して走行を続けていた。

「——見たか?」

「凄い! 本物だ!」

バスの乗客にとっては、カーブを曲るスリルより、あのエビの化物を本当に目撃したことの方が大切なのだった。

バスの中は大騒ぎになっていた。

「バイクが炎上してる」

と、君原がバックミラーを見て言った。

「一一〇番へ知らせるわ」

「頼む。——向う見ずな連中だ」

と言って、君原はため息をついたのだった。

3

「この林を抜けて、向うの空地とうちの間を行き来するんです」

未愛が説明すると、ツアーの一行は、手に手に懐中電灯を持って（ちゃんと用意していた）、林の中を歩いて行く。

「——未愛さん、ありがとう、助かったわ」

と、藍は言った。「あなたがカーブのことを教えてくれなかったら……」

「でも、あんな所に出るなんて」

と、未愛は一緒に歩きながら、「藍さん、どうしてあのとき、あの化物を通り抜けられるって分ったの？」

「さあ……。何となく。直感ね」

「やっぱり霊感があるのね」

「どうかしら。——でも、あれって何なの？　エビがどうして化けて出るんだか……」

と、藍が首をかしげる。

すると、二人のすぐ後ろで、

「エビギラス」

という声。

「え？」

二人の後ろから、あのコートの男――玉井敏和がついて来ていた。

「玉井さん――でいらっしゃいますね」

と、藍は言った。

「そうです」

「今おっしゃった、エビ――」

「エビギラス。ＴＶの〈ミラクルマン〉に登場する悪役の怪獣です」

「ああ！　弟がＴＶ見て、そんなこと言ってたわ」

と、未愛は言った。「私、そんなの見たことないけど」

「あれは、正にエビギラスそのものですよ」

と、玉井は言った。

「でも――それって、実在してるわけじゃないですよね。どうしてあんな形で現われたんでしょう？」

「それが分らなくて、私はこのツアーに加わったんです」

玉井を加えた三人は、一番最後に林を抜け、空地になった所へ出た。

「ここに出そうかね、ガイドさん？」

とツアー客が藍に訊く。

「さあ……。私にも分りません」

「しかし、今日はあんなドラマチックな登場をこの目で見たからな！」

「誰もカメラを回してなかったのが残念だな」

ツアー客たちは、ここで見られなくても、バスの前に現われたのを見ているので、すっかり満足している様子だった。

「玉井さん、そのエビギラスと、どういう係わりがあるんですか？」

と、未愛が訊いた。

「私は――」

殺せ！　殺せ！

突然、藍の頭の中で、その声が響いて来た。

声だけじゃない。足音――何人、何十人もの足音だ。

それはずっと高い場所――この空地を見下ろす、あの崖の上から聞こえてくる。

殺せ！――殺せ！

その声も、藍の頭を抜け出して、崖の上から聞こえて来た。

「――藍さん、どうしたの？」

と、未愛が気付いて言った。

藍は、崖を見上げた。そして、

「皆さん、退《さが》って下さい！」

と叫んだ。「崖から離れて下さい！」

ツアー客たちは、藍のことをよく分っている。言われるままに、急いで崖から離れた。

そのとき、崖の上から、

「アーッ！」

という叫び声が聞こえた。

その声は誰にも聞こえたらしい。

「あれは？」

と、誰かが言った。

何かが――目には見えなかったが、崖の上から落ちて来た。空を切る音が、感じられた。

そして――ドシン、という衝撃が、足に伝わって来た。

砂埃《すなぼこり》が上った。

「――見ろ」

と、一人が言った。「何かが落ちて来たんだ」

柔らかい地面に、くぼみができていた。

「――誰かが、この崖から落ちたのね」

と、未愛は言った。「その跡だけ、残ってる」

「おそらく落ちたんじゃありません」

と、藍は言った。「落されたんです。大勢の誰かに、上から突き落されたんです」

「――まあ、お疲れ様」

並木麻子は、ツアーのお客たちにウーロン茶を出して、「どうぞ、お飲み下さいな。お疲れ様でした」

藍は焦《あせ》って、

「奥さん、どうかそんなことまで――」

「いえ、いいんですよ。あなたのおかげであの化物から解放されると思うと、嬉しくて」

「待って下さい。必ずそうできるとは――」

「もし、できなかったら、そのときは……」

「そのときは？」

「あなたを訴えます！」

どう見ても、麻子は本気だった。

「――お母さんたら、無茶言って」

と、未愛は笑って、「気にしないで、藍さん」

「いえ、お気持は分ります」

しかし、今夜の出来事が知れ渡れば、このツアーが評判になり、更に大勢の人がやって来ることは予想できた。

「――あら、忠士、帰ってたの？」

と、未愛が弟を見付けて言った。

「今、帰ったんだ」

と、忠士は言って、「何かあったの？」

普通の家に、四十人からの客が上り込んでいるのだ。びっくりするのも無理はない。

「こちらが、霊感バスガイドの町田藍さん。弟の忠士よ」

と、未愛が紹介してくれる。「あ、それとこちらが玉井さん」

「やあ。玉井敏和だ。よろしく」

握手をして、忠士は、

「玉井敏和？――もしかして、あの玉井敏和？」

と、頬《ほお》を染める。

「その玉井敏和だよ」

「凄い！　ねえ、サインして！　いいでしょ？」

「いつもクールな子なのよ」

と、未愛は言った。「忠士。どうしてこの人を知ってるの？」

「誰だって知ってる。この人、〈ミラクルマン〉の脚本家なんだもん」

「まあ」

藍が目を丸くして、「じゃ、玉井さん――」

「そうなんです」

と、玉井は言った。「あのエビギラスは、そもそも僕が作り出したものなんですよ」

「待っててね！　ぼく、〈ミラクルマン〉のファイル、持って来る！　それにサインして」

と、忠士が飛び出して行く。

「——玉井さん、それでこのツアーに参加されたんですね」

と、藍は言った。

「まあ、そんなところです」

玉井は肯いて、「しかし、なぜあんな姿で現われたのか、私にも分りませんよ」

「玉井さん」

と、藍は言った。「今、そのエビギラスはドラマの中ではどうなってるんですの？」

「今は登場していません」

と、玉井が言った。「スタッフ内で色々ありましてね。今は〈ミラクルマン・外伝〉という別の話になってるんです。〈外伝〉ってのは誠に便利な逃げ道でしてね」

忠士が息を切らしながら戻って来ると、透明なファイルに玉井のサインをもらい、飛び上って喜んでいる。

「ねえ、エビギラスを出してよ」

と、忠士は玉井に注文した。「あれがもっと暴れ回らないと面白くないよ」

「今、色々考えてるんだ。もっと面白くなるようにね」

「頑張ってね！」

忠士は、玉井と握手してご満悦である。

「――いつまでもお邪魔していられません、皆さん、バスの方へお戻り下さい」

藍の言葉に、みんな口々に麻子へ礼を述べて、並木家を出た。

「――空地の方に誰かいるぜ」

と、君原が藍に言った。

「え？」

見れば、確かにあの崖下の空地にチラチラと明りが動いている。

「さっき、女が一人、花を持って通ったんだ。あれじゃないかな」

「花を？」

藍は、客をバスへ乗せておいて、「ちょっと行ってみる。少し待っててもらって」

と、君原に任せ、空地へと向った。

「私もご一緒させて下さい」

玉井がついて来た。

「お花を持っていた、ということは、あそこで落ちて亡くなった方を知っている人かもしれませんものね」

「それにしても――あんなことが起るなんて。あれはあなたの力なんですか？」

「私はただのバスガイドでして」

と、藍は言ったが、多少は特別扱いされても仕方ないとも思っている。

――空地の、さっき、ちょうど「何か」が落ちてくぼみのできた辺りに、女の人がしゃがんで、手を合せていた。傍でロウソクの火が揺れている。

「あの……失礼ですが」

と、藍が声をかける。

「はい」

立ち上ったのは、四十代らしい女性で、髪が大分白くなっているので、老《ふ》けて見える。

「こちらで、どなたかがお亡くなりに?」

「主人です」

と、その女性は言った。「今日は命日で。月は違いますけど」

玉井が、その女性をまじまじと見て、

「君――しのぶさんか!」

と言った。

「え?」

ロウソクの灯を手にして、「――まあ、お義兄《にい》さん!」

「やっぱりか。いや、どこかで見たような、と思ったんだ。――弟の奥さんでね」

「玉井しのぶです」

藍は自己紹介をして、ここへ来た事情を説明した。

「まあ、それじゃここにそんな幽霊が?」

「――何てことだ。じゃ、明男《あきお》はこの場所で死んだのか」

玉井は崖を見上げた。

「そうなんです」

と、しのぶが言った。「この場所で、全身を強く打って死んだんです。この崖の上からの転落死ということでしたけど」

「しかし、なぜ？」

「分りません」

と、しのぶは首を振った。「主人はこの近くの小学校で教えていました。でも、どうして、こんな崖の所まで来たのか。――警察は自殺じゃないかと思っているようですけど、そんな理由は思い当りません」

「学校の先生でいらしたんですか」

「はい。遺言《ゆいごん》一つ残していませんし」

「自殺なんて、あるはずがないよ」

と、玉井が言った。

「弟さんの亡くなった所に、お兄さんの作られた怪獣が幽霊になって現われる。――どうつながっているんでしょうね」

「あなたが、〈霊感バスガイド〉さんなんですね」

と、しのぶが言った。

そういう名前じゃありません、と言いたかったが、ここは素直に、

「はい、一応」

と、返事をした。

「主人が何か思い残していることが分ったら、教えて下さいね」

「はあ……」

藍は、おそらくその「弟」が誰かに崖の上から突き落されたのだということを、今は口に出さなかった。

「じゃ、これで」

と、しのぶが会釈《えしゃく》する。

「元気で。何かあれば、いつでも言って来てくれよ」

「ありがとうございます」

——その未亡人の後ろ姿を見送って、玉井はため息をつき、

「若々しくて、可愛い奥さんだったんだが……。すっかり老けてしまったな」

と言った。

藍は少し考え込んでいたが、

「——あ！　バスに戻らなきゃ！」

と、ハッとして、玉井と二人、あわててバスの方へと戻って行った。

4

電話の音で起されたのは、もう昼近くのことだった。

「はい……」

と、死にそうな声で答えると、

「おい、大丈夫かい？」

と、向うは笑っている。

「君原さん？」

「ああ。昨日、起してくれと言ってただろ？」

「憶《おぼ》えてるわ」

と、藍はクシャクシャの髪を手で直しながら、「今夜は休みたい」

「おい、お客は定員一杯、集まってるんだぞ」

「分ってるけど……。私でなくたって、他にもバスガイドはいるのよ」

「だめだよ。お客はみんな君のことを目当てに来るんだ。たとえエビのお化けが出なくても、君がいれば、それでいい、ってファンもいる」

困った話だが、事実だ。

藍も、休めるとは思っていない。ただ、言ってみたかったのである。

「――夕方までには行きます」

と、藍は言った。「社長にそう言っといて！」

「分った」

本当なら、夜のツアー担当でも、午後早く出勤するのが決りだが、藍は疲れ切っていた。

あの、暴走族をめぐる出来事を含めて、あの夜の一部始終はたちまち「その手のマニアたち」の間に広まり、マスコミも聞きつけて取材を始めた。

社長の筒見がこのチャンスを見逃すはずがない。

毎晩、〈巨大エビの幽霊ツアー〉を開き大盛況。かくて、「霊感バスガイドは今日も行く」というはめになり、もう十日間、休みなしに働いている。

ま、多少のわがままは許されてもいいだろう。

――藍は、何とか起き出すと、顔を洗い、身仕度を始めた。

出社する前に、行く所があったのだ。

約三十分後、藍はアパートを後にした。

地下鉄とバスを乗り継いで、着いたのはTV局。

受付に、玉井の名前を言って、

「お会いすることになってるんです」

と言うと、ロビーで待つように言われた。

五分、十分とたって、ついウトウトしてしまう。

「――町田さん」

呼ばれてハッとした。

「ごめんなさい！　私、居眠りしてて……」

「いや、いいんです。三十分も待たせてしまって」

「あ、そんなに……。このところ、忙しくって」

「あそこへ毎晩？　局の人間もよく知ってましたよ」

と、玉井は笑って、「さ、どうぞ」

連れて行かれたのは、スタッフの部屋らしく、今は空だが、書類がテーブルの上に散乱して、ホワイトボードには意味不明のなぐり書きが残っていた。

「かけて下さい。――お茶もないな」

「あ、お構いなく」

と、藍が腰をおろして、「お話って……」

「例のエビギラスのことなんです」

と、玉井が口を開くと、ドアが開いて、

「ごめんなさい、お客様？」

と、二十代の若い女性が顔を出した。

「いや、いいんだ。入れよ。――どうしたんだ？」

「どうもこうも……。お願い、降りないでよ、〈ミラクルマン〉、あなたのタッチでここまでやって来たのに」

「降りたくはないが、さっきの話の通りさ」

玉井はそう言って、「この人は、〈ミラクルマン〉のディレクターです。山本百子《やまもとももこ》さん」

「お若いですね！　私、町田藍と申します」

「よろしく。――じゃ、あなたが〈霊感バスガイド〉？」

どうやら有名人になっているらしい。

「私の将来、占ってもらおうかしら」

「占い師じゃないので」

と、藍は言った。「玉井さん、もう脚本を書かないんですか？」

「激論の末、言うことを聞かないんで、降ろされたんです」

「頑固なんだから」

と、山本百子が苦笑する。

その視線で、彼女が玉井に惚《ほ》れていることが分る。――超能力なしでも、一目で分るくらいだ。

「話題になったエビギラスをね、今出せと言われたんです。しかし、僕はやりたくない。それでプロデューサーと大ゲンカ」

「ともかく、登場させるだけでいいのよ」

「もう充分にやったよ」

と、玉井は首を振って、「僕は今まで〈ミラクルマン〉の中で、何百もの怪獣を作って、殺させて来た。大して考えもせずに」

「どういうことですか？」

「つまり、単に殺されるためにしか出て来ない怪獣たちだったということです。その怪獣たちにも親があり、子がいたかもしれない、とは考えなかった」

「真面目《まじめ》すぎるのよ」

と、山本百子が言った。

「スタッフのみんなにも言わなかったが——。聞いて下さい」

と、玉井は藍を見て、「私には今小学校三年生の息子がいます」

「ちょうど、そういう番組を見るお年ごろですね」

「ええ、息子も〈ミラクルマン〉をいつも見ているようです。こっちは息子が起きてる時間に帰ることなんかないので、よく知りませんが」

と、玉井は息をついて、「——実は何か月か前、ショックなことがあったんです。学校から呼ばれましてね。クラスでいじめがあったと」

「息子さんが？」

「いじめた側だったんです。それも、先頭に立って。——いじめられた子は、小さいころひどい火傷《やけど》をして、顔にそのあとが残っています。そういう子を『化けもの』扱いしていじめたというので、私は怒りました。人間として、こんな恥ずかしいことはない。先生の前で息子を叱《しか》りつけました。そんなハンディキャップのある子をいじめるなんて、人間として最低だ、と」

玉井は、少し間を置いて、「息子はむくれていましたが、やがて言ったんです。『パパだって、いつもみっともない奴《やつ》をやっつけてるじゃないか』って。悪い奴はみんなひどい格好してるじゃないか。――そう言われて、私は心臓に刃物を突き立てられたような気がしました」

玉井は小さく肯いて、

「確かに、いつも〈ミラクルマン〉にやられる怪獣たちは、一目で悪役と分るように、うんと醜く作ります。しかし、考えてみれば妙です。見た目の醜さが、イコール『悪い奴』だなんて、見た目にカッコイイのが『いい奴』だなんて、そんな馬鹿な話はない。しかし、私は何の疑いも持たずに、醜い怪獣を悪役にして、ドラマの中で殺し続けて来たんです」

「でも、それは……」

「大人は分ってる。でも、子供はどうだろう？――醜い奴はやっつけていい。いつの間にか、そう思い込ませてしまった。そう知ったとき、ゾッとしたんです」

「そんなことがあったの」

「私は、脚本の中で、その点を変えようとしました。他の星から来た怪獣といっても、悪い奴とは限らない。たとえ侵略しようとしているとしても、戦う前に、まず話し合って戦いをやめさせられないか、と。――プロデューサーはカンカンに怒りました」

「悪い怪獣をやっつけるミラクルマンが好きなんだもの」

「分ってる。そこまで否定するつもりはないよ。ただ、これは悪い奴だ、と初めから決めつけるのはやめよう、戦うしかなくなったとき、初めて戦うようにしようと思ったんだ」

「お気持は分ります」

「ねえ、毎週毎週、あんなものを見せられて、子供たちの中に、違う世界の奴は戦って殺すしかないんだ、という考えがいつしか根づいているとしたら……。あの子たちが大人になったとき、またいとも簡単に戦争を始めてしまいそうな気がして」

玉井は首を振って、「もうやめよう。そう決心したんだ。山本君、分ってくれ」

「でも――他の脚本家は平気で醜い怪獣たちを殺し続けるわ。あなたが、それを少しでも変えていけたら……」

山本百子の言葉ももっともだと藍は思った。

「あのエビギラスの幽霊は、今までの〈ミラクルマン〉で散々痛めつけられてきたことへの恨みから出たんじゃないかと思うと……」

そこへ、ドアが開いて、

「あ、山本さん！」

と、男のスタッフが顔を出した。

「どうしたの？」

「大変です。今、倉庫でエビギラスを捜したんですけど、見付からないんですよ」

「何だって？」

と、玉井がびっくりして、「いつからないんだ？」

「さあ……。このところ、出番なかったんで……」

「役者さんが身につけるエビギラスのゴムスーツなんです」

と、玉井が藍に言った。

「プロデューサー、玉井さんが隠したんじゃないかって怒ってますよ」

「そんなわけないだろう」

「ともかく、もう一度よく捜して」

と、山本百子が立ち上って、「私も捜してみるわ」

と、急いで出て行った。

「――まさか、あのスーツが化けたわけじゃないでしょうね」

と、玉井が言うと、藍は何か考え込んでいたが、

「――玉井さん」

「何です？」

「お願いがあるんです。今夜のツアーに、もう一度参加していただけません？」

「はい、それはもちろん」

玉井は藍を見て、「何か心当りが？」

藍はそれには答えず、

「もう一人、一緒に来ていただきたい方がいるんですが」

と言った。

5

「間もなく、目的地です」

と、藍が言うと、

「今夜は出るかね」

と、客の一人が言った。

「毎日どうも」

藍は苦笑して、「ぜひご期待に添いたいと願っています」

バスは、あの空地の近くに来ていた。

毎晩ここへ通っているわけだが、何度かそれらしい物音はしていたものの、あのエビの化物が姿を現わすことは一度もなかった。

今の客は、毎日このツアーに参加しているマニアだった。

「到着です」

バスが寄せて停《と》まり、扉が開くと、藍はポンと飛び降りた。

「藍さん！」

未愛が駆けて来た。

「ごめんなさい、お待たせして」

「大丈夫。――みんな揃《そろ》ってるわ」

空地に、母の麻子、弟の忠士が立っていた。そしてブスッと不機嫌そうな男。

「あれがお父さんなの」

「そうですか。申しわけないけど、今夜はぜひいていただきたかったの」

「何かあるの？」

「今夜で、この騒ぎも終ると思うんですけどね。――皆さん、どうぞお降り下さい！」

玉井が降りて来て左右を見回す。

「やあ、来た」

と手を振る。

やって来たのは、玉井明男の未亡人、しのぶだった。

「お義兄さん」

「やあ。――今夜、何かあるらしい」

「主人と会えるかしら」

と、しのぶは、本気とも冗談ともつかない口調で言った。

「空地の方へ」

藍がみんなを連れて、空地の崖の手前まで進んだ。

「お騒がせして」

と、藍は並木雄介に挨拶《あいさつ》した。

「何だって引張り出すんだ」

と、雄介は仏頂面で、「うちは迷惑してるんだ」

「よく分っています」

すると、麻子が、

「まあ。――玉井先生の奥様？」

と、しのぶを見て目を見開いた。

「あ……。並木さん、ですね」

「まあ、こんな所で……」

「お母さん、知ってるの？」

と、未愛が言った。

「だって――忠士の担任だった玉井先生の奥様よ」

「へえ」

玉井がそれを聞いて、

「弟が君の担任だったのか？」

と、忠士に言ったが、忠士は聞こえないふりをしてそっぽを向いていた。

「越して来られた、ということだったので、遠くから移って来られたのかと思ってました。

もともとお近くだったんですね」

と、藍は言った。

「ええ。このすぐ隣の町で、玉井先生、ちょうどうちの子の担任のとき、亡くなられて……」

「藍さん、それって何か関係あるの？」

「待って下さい。——もうじきです」

空気がヒヤリと濡《ぬ》れたようになって来た。

「何か出るぞ！」

ツアー客の間で声が上る。

「僕——帰るよ」

と、忠士が言った。

青くなって、震えている。

「もう遅いわ」

藍は崖の上を見上げて、「聞いて」

ドドド……。

「足音だ」

と、玉井が言った。「それも大勢だな」

「あれは現実？」

と、未愛が目をみはる。

「殺せ！」

「殺せ！」

「やっちゃえ！」

——いくつもの声が聞こえて来た。

「お分りですか」

と、藍は言った。「初めから、あの声を私は聞いていました。でも、何だか本気で怒っているように聞こえなかったんです。——よく聞くと分ります。あれは子供の声なんです」

「怒っているより、はやし立てているようだ」

と、玉井が言った。

「殺せ！」

「突き落せ！」

という声がして——。

「アーッ！」

という叫び声。

何かがシュッと空を切って落ちて来ると、地面にドスンと衝撃があり、砂埃が立った。

誰もが息をのんだ。——その地面の上に、しだいに姿が——エビギラスの姿が浮かび上って来たのだ。

「これって……」

と、しのぶが震えて、「もしかして――主人が？」

藍は、真青になって母親にしがみついている忠士の方へ、

「忠士君。――知ってたのね。担任の先生が、〈ミラクルマン〉の脚本家の弟さんだってことを」

「話して……くれたんだ。僕が……〈ミラクルマン〉の本を見てたときに」

「そう。それで、先生に頼んだ。エビギラスの格好をして見せて、と」

「それは……運動会の仮装大会のことだわ」

と、しのぶが言った。「主人は、『うちのクラスは本格的にやるんだ』って張り切ってました」

「TV局へ来たよ」

と、玉井が言った。「うっかり忘れてた。――仮装に使うから、エビギラスの衣裳《いしよう》を写真に撮《と》らせてくれと」

「そのとき、しばらく使わないと聞いて、弟さんは、すぐ返すつもりで、そのゴムスーツを持ってきたんですよ」

「じゃあ……」

未愛が忠士を見て、「あんたたちが、先生を突き落したの？」

「違うよ！　先生が勝手に落ちたんだ！」

「忠士――」

「僕たち……他のクラスの子に見られないように、この山の中で稽古《けいこ》したんだ。――先生が逃げるのを追いかけて……。そしたら……先生、落っこっちゃったんだ」

「まあ……」

麻子は呆然《ぼうぜん》としている。「どうして黙ってたの！」

「だって……死んじゃってたんだもん。怖くなって……。みんなで、黙ってようって決めたんだ」

「でも、ゴムのスーツは？」

と、藍が訊く。

「脱がして……森の中に捨てた」

「何てこと……」

しのぶが、ゆっくりと立ち上ったエビギラスの方へ、「あなた！」

と呼びかけた。

その怪獣は、ゆっくりと足を運ぶと、麻子にしがみついている忠士の方へ手をのばした。

「ごめんなさい！」

と、忠士が悲鳴を上げる。

「大丈夫です」

と、藍が言った。「恨んではいないわ。大丈夫」

エビギラスが、エビの大きな頭をゆっくりたてに振った。そしてハサミの先で、忠士の頭をそっとなでた。

「隠したことは間違いだったのよ」

と、藍は言った。「本当のことを、知ってほしかったの」

「あなた……」

しのぶが歩み寄ると、エビギラスは何度も肯いて見せた。

「──私のせいだ」

と、玉井が言った。「怪獣は殺していいものだと描いて来た。──怪獣だって生きているのに」

怪獣の姿が、薄れて行った。

「あなた……」

「望みが叶《かな》ったんです」

と、藍が言った。「もう、心残りなことは……」

「そんな……。もっともっと、私のところへ出てよ！　あなた！」

エビギラスがしのぶの方を向いて、大きなハサミを振った。そして──フッと空中へ溶けるように消えてしまった。

──しばらくは誰も口をきかなかった。

「いなくなりました」

藍が言った。「もう二度と現われませんよ」

ツアー客たちが一斉《いっせい》にしゃべり始めた。

急に空地がにぎやかになり、ただ、しのぶ一人がすすり泣いている。

「——奥さん」

ツアー客の一人が、しのぶへ声をかけた。「私ね、今の様子、このビデオカメラでずっと撮ってました。コピーして差し上げたいが」

しのぶが涙を拭《ぬぐ》って、

「ありがとうございます」

と、頭を下げた。「ぜひ、いただきたいですわ。大切に持っています」

藍は、忠士の頭をなでて、

「本当のことを言えば、もう怖くなくなるわ」

と言った。「明日は、お母さんと一緒に警察へ行って、本当のことを話して」

「馬鹿らしい！」

と、雄介が怒ったように、「うちの子がどうして警察へ行かにゃならんのだ！」

「あなた——」

「何も悪いことなどしとらん！　大体、こんなインチキくさい見せ物など……」

「お父さん！」

未愛が遮《さえぎ》って、「お父さん、間違ってる」

「何だと？」

「お父さん、間違ってる！」

未愛の目に涙が光っていた。「人が一人、死んだんだよ。忠士がちゃんとそのことを考えるようにするべきでしょ！」

雄介は真赤になって娘をにらんでいたが、やがて、家の方へ大股《おおまた》に歩き去った。

「さあ、皆さん、バスの方へお戻り下さい」

と、藍が言った。「今度から、エビを食べるときは、このことを思い出して下さい」

笑い声が上って、ツアー客たちは、ゾロゾロとバスへ戻って行った……。


「君のおかげで、大いに利益が上った」

と、筒見は上機嫌。

「結構ですね」

と、藍は言った。「でも、もう出ません。あのお化けは」

「分っとるとも」

筒見は机の上に両足を投げ出していたが、足を下ろして、「――ところで、君あてにこんな手紙が来ておる」

と、ポケットから封筒を取り出した。

「何です？」

「うん、どうもこの家では、以前飼っていた犬が化けて出るらしい」

「社長」

「何だ？」

「その字。社長の字じゃありませんか、どう見ても」

「——分るか」

「当り前です。それに——」

と、藍は封筒を手に取って言った。「私の名は『草かんむり』で、『竹かんむり』じゃありません！」

未練橋のたもとで

1

遠くに汽笛が聞こえた。

それはなかなか消えぬ朝の濃い霧を震わせて、広がって行った。

橋の上の二人は顔を上げた。

そして、二人はため息をついた。身も世もないというため息だった。

「――もう、行かなくちゃ」

と、男は言った。

「きっと、帰って来てね」

と、女が男の胸にすがる。

「必ず――必ず帰ってくる」

男の空《むな》しい約束手形。

「待ってるわ。この橋で。この橋のたもとで……」

女は――いや、まだあどけない横顔の娘は、くちづけさえできずに、男の胸に顔を埋《うず》めて
すすり泣いたが、やがて二度めの汽笛を聞いて、

「三度めは発車の合図。遅れては大変だわ。もう行って！」

血を吐くより辛《つら》い言葉を口に出す。

「咲《さき》さん……」

「圭介《けいすけ》さん。——待ってるわ。いつまでも！」

「きっと戻ってくるからね」

と、足下《あしもと》に置いた鞄《かばん》を取り上げ、「じゃあ……達者で」

「圭介さんも」

これ以上は、居るのが辛い。

男が、身をもぎ離すように駆け出す。

娘が呼びかける。「お腹をこわさないでね！ 生水に気を付けて！ 車にひかれないで！

「気を付けて！」

それに——」

何と言ってやったものか、少し迷っている内に、無情の霧は男の姿を呑《の》み込んで、足音さえも届かなくなった。

「——待ってるわ」

と、娘は呟《つぶや》いた。「いつまでも」

それでも娘は立ち尽くす。

三度めの汽笛が鳴って、遠く列車の走り去る音を聞いても、もしや行くのをやめて、戻ってくるのでは、と幻の足音に耳を澄まして動こうとしない。

しかし、やがて霧は晴れて、娘も男が行ってしまったことを認めざるを得なくなる。

トボトボと辿《たど》る家路。

橋のたもとへ来ると、娘は足を止め、そこの何坪かの小さな空地へじっと目をやる。

「――ここで待つわ」

と、娘は呟いた。「この橋のたもとで」

振り向くと、白い霧が消えた後、目にしみる山々の緑の中、その橋はくっきりと姿を現わしていた。

その渡った先に何があるのか。――それは誰《だれ》も知らない……。

音楽が高鳴り、画面一杯に映し出された橋に、〈終〉の文字がかぶさる。

画《え》が消えると、場内は明るくなった。

パラパラと拍手が起る。

試写室には、不安げな空気が流れた。

「いや、心を洗われるような映画だった！」

と、立ち上った〈社長〉が言うと、その緊張は一度に消え、

「すばらしい！」

「今年度のベストテン入りは間違いないですな！」

と、社長の周りに座っていた重役たちが口々にほめる。

「監督！　傑作です！」

もう白髪の、七十代も後半かと思える監督は、次々に握手を求められて、嬉《うれ》しそうだ。

もちろん、「お世辞」も時に役には立つ、ということを、町田藍とて知らぬではない。

二十八歳の大人として、また〈すずめバス〉に勤めるバスガイドとして、お客に心にもないお愛想を言うのは毎日のことだ。

しかし——一観客としてこの映画、〈未練橋慕情〉を見た感想としては……。

「眠かった」

と、欠伸《あくび》をかみ殺し、「山名さん、起きてました？」

と、隣席の先輩バスガイドを見て、啞然《あぜん》とした。

山名良子は、何と涙を拭《ぬぐ》ったハンカチをクシャクシャに握りしめて、バッグへしまうところだったのだ。

「——感動したわ」

と、山名良子は涙声で、「ひたすら待ちわびる、あのヒロインの純情さ……。藍さんも泣いたでしょ？」

「はあ……。いえ、私、あんまりピンと来なくて」

と、藍は正直に言った。

「やっぱりね」

と、山名良子は肯《うなず》いて、「分ってたわ、私には」

「分ってたって、どういうことですか？」

「あんたは冷たい人なのよ。私、ずっとそう思ってた。女の熱い思いなんて、縁がないんだわ」

「待って下さいよ、山名さん！　映画一本でそこまで言わなくたって」

「いいえ、日ごろからよ。そりゃあ、経営の苦しい〈すずめバス〉は、あんたのおかげでずいぶん助かってる。私も失業しなくてすんで感謝してるわ」

何の話？

町田藍は面食らっていた。

――町田藍は、大手の観光バス会社〈Hバス〉をリストラで辞め、規模としては比べものにならない、〈すずめバス〉へと移ったのである。

バスはボロだし、社員も少なく、いつも綱渡りの経営をしながら、それでも何とか潰《つぶ》れずに頑張っている。

そのエネルギー源は、この会社独自の〈霊感ツアー〉が人気を呼んでいることがあげられる。それは、藍がなぜか人並み外《はず》れて霊感が強く、やたら幽霊を見たり、怪奇現象に出会ったりするせいだ。

それを利用して、社長の筒見哲弥が〈怪奇マニア〉向けにツアーを企画、藍に担当させて客を集めているのである。

「――山名さん、何がおっしゃりたいんですか？」

「何でもないの。ただね――あんたはいつも君原さんと組んでるのに、君原さんの気持にさっぱり気付かない。あれじゃ、君原さんが可哀《かわい》そうだって、みんな言ってるのよ」

何かと思えば……。

君原は、二枚目の運転手で、〈すずめバス〉のバスガイド全員の憧《あこが》れの的。〈霊感ツアー〉のような、何が起るか分らないツアーにはうってつけのタイプなので、藍と組むことが多い。

「山名さん。君原さんは私のこと、女だなんて思ってませんよ。私にとっても、頼りになる同僚っていうだけです」

「その冷たさなのよ！　どうして君原さんと二人でいて、そう冷静でいられるわけ？」

「だって……」

何を言っても分ってもらえないだろう。

藍はガラッと話を変えて、

「このビルの向いにアンミツの凄《すご》くおいしい店があるんです。寄ってみません？」

急に山名良子の目が輝き、

「アンミツ？　私、アンミツに目がないのよ！」

ま、こんなもんだ。

二人は試写室を出た。

「でも、どうしてこの〈未練橋慕情〉の試写に招待されたんでしょうね」

と、藍は言った。

「さあ。でも、新作、タダで見られるんだもの。文句言うこともないわ」

さっきの感動の涙はとっくに乾いたらしい……。

実際、妙な話で、突然、〈すずめバス気付〉で、藍と〈他一名様〉宛《あて》の招待状が舞い込んだのだ。

たまたまオフの山名良子を誘って、こうしてやって来たのだが……。

二人でエレベーターが来るのを待っていると、

「失礼します」

と、若い男が声をかけて来る。「町田藍さんは……」

「私ですけど」

「今の映画について、ご感想を伺いたいので、会議室へおいで願えませんでしょうか」

「は……」

招待されて、断るのも気がひける。

結局、山名良子の冷ややかな目に再び送られて、ここで別れることになってしまったのである。

「――こちらへ」

と、案内されたのは、〈社長室〉。

会議室って言ったじゃないの！

ふくれっつらで、開けられたドアから中へ入ると、思いがけない顔が、藍を待っていた。

「社長。——町田藍さんです」

いささかものものしい部屋。

試写室にいた〈社長〉が、正面の大きなテーブルの向うにいる。

そして、ソファに座っていた初老の紳士が藍を見て目を見開いた。

「やあ町田君！」

「あ……。須川《すがわ》さん」

藍は、かつて〈Hバス〉での上司だった男と顔を見合せ、びっくりして立っていた。

2

「何だ、知り合いか」

この映画会社の社長は二人の顔を交互に眺め、「須川君の昔の彼女か？」

「やめて下さいよ、社長」

と、須川は苦笑して、「町田君は、以前、〈Hバス〉のバスガイドでした」

「その節はどうも……」

藍は会釈《えしやく》して、すすめられるままに空《あ》いたソファに座った。

「私は社長の寺田《てらだ》だ」

「町田です」

寺田の顔は、雑誌などで見たことがある。六十代も半ばのはずだが、女優相手のスキャンダルで年中話題になっている。

「試写を見てくれたね」

「拝見しました」

「感想はどうかね」

「あの……とても情緒豊かな映画でした」

嘘《うそ》はつきたくない。

それを聞いて、須川が笑った。

「君は相変らず正直だな」

「それだけが取り柄《え》です」

と、藍は言った。

「情緒豊か、か」

と、寺田が肯いて、「そのコピーはいい。使わせてもらおう。しかし、映画は下らん。駄作だ」

藍は目を丸くした。

寺田は続けて、

「しかし、これから何か月も必死で宣伝していかなきゃならん映画を駄作と思っていたら、こんなに辛いことはない。自分に傑作と信じ込ませなくては、やってられん」

「大変なんですね」

藍は須川を見て、「須川さん、試写会に？」

「うん。ぎりぎりだったんで、後ろの方の席にいた」

「どうしてこの映画に――」

「知らないのか。うちもスポンサーになってる」

「あ、それで主人公の東京見物の場面で、Hバスが……」

「そうなんだ。――ま、寺田社長とは古い付合いでね」

寺田の机の電話が鳴り、寺田は、

「――十分ほどしたら戻る」

と言って社長室を出て行った。

残ったのは、藍と須川。

「――元気そうでホッとした」

と、須川は言った。

「須川さんも。――髪は白くなって、老《ふ》けられましたけどね」

「辛かったよ。特に、君のような人材を失うのはね」

須川は、経営不振の〈Hバス〉を立て直すべく、リストラの実行部隊長となっていた。

しかし、本来須川は優しい性格で、それに辞めさせる人間も、上で選んで、当人に通知するだけの仕事。

「胃をやられたよ」

と、お腹に手を当てて、「サラリーマンの宿命かな」

と笑った。

「それで――もうよろしいんですか？」

正直なところ、須川を一目見てハッとしたのである。それほど目立ってやせていた。

「手術してね。この春だ。もう大丈夫」

「じゃ、まだ半年くらいですね。お大事になさって下さい」

「ありがとう……」

須川はじっと藍を見つめて、「僕を恨んでいないのか」

「須川さんのせいじゃないじゃありませんか。Hバスの経営陣には腹が立ちますけど、須川さんは好きで憎まれ役をやったわけじゃないんですし」

「――分ってくれてありがとう」

須川は頭を下げた。

「やめて下さい、須川さん」

「何度ものののしられ、恨みの言葉を吐かれた。夢でも、僕がリストラを宣告した連中が出て来て、『人でなし！』となじるんだよ」

須川は寂しく笑った。

に当るんです」

「みんなだって分ってますよ。ただ、どこへ怒りをぶつけていいか分らないから、須川さん

「町田君……。君がそんなにやさしい言葉をかけてくれるとは……」

須川が声を詰らせたと思うと、両方の目から大粒の涙がこぼれ落ちた。

藍はあわてて、

「須川さん――こんな所で――。いやだ、私がいじめたみたいじゃないですか」

と、バッグからハンカチを取り出し、立ち上って須川の涙を拭った。

須川が突然藍の手をつかんだ。

「須川さん……」

「こんな僕に愛想をつかして、女房は出て行ってしまった。僕は、女房と大学生の娘のために、どんな非難も耐えていたのに……」

「手を――」

藍の手を固く握りしめている須川の、そのやせた手には、誤解しようもない「思い」がこめられていた。

すると――〈社長室〉の外で、寺田社長のよく通る怒鳴り声が聞こえて、須川もさすがに手を離した。

「――全く、どいつもこいつも、映画のイロハも分らん！」

寺田は入ってくると、「話が分らんだろうな、バスガイド君」

と、自分の椅子《いす》へ戻った。

「私を招待して下さったのは、何かわけがあるんですね」

「その通り。——君の評判は聞いている。幽霊を見ることのできる霊感バスガイド。間違いないね」

またか！

藍はため息をつきつつ、

「間違いとは言いませんが、かなり誇大広告です」

「構わん。映画屋は一を十と言って平気な人間だからな」

と、寺田は言った。

「それで、私に何のお話が？」

「あの〈未練橋慕情〉のことだ。——実は、あの話は本当にあったことでな」

「そうですか。——でも、ずいぶん昔の話でしょう？」

「もう六十年にもなるかな。あの〈未練橋〉も実在する」

「それじゃ、あの二人は、その後どうなったんですか？」

「君はどう思う」

「男は帰って来なかった」

「その通りだ」

「霊感がなくても、それくらいは分ります」

「男は帝大を出て、有名な銀行家の娘と結婚し、戦後は大蔵省で政府高官にまでなった」

「それで、娘さんの方は？」

「あの〈未練橋〉のたもとの十坪ほどの土地を、自分の着物を売り払った金で買い、そこで小さな茶店を始めた。〈未練茶屋〉といって、もちろん、細々とだが店は続いた」

「ずっと――待ってたんですか」

「十年ほどはな。つまり、男が結婚したことを知るまで、ということだ」

「では、その後……」

「娘も、周りのすすめで結婚した。しかし、〈未練茶屋〉は手放さなかった。長く閉めていたが、子供を育てあげ、夫が死ぬと、また店を始めたのだ」

「はあ……」

「今、山科《やましな》咲は八十歳。相手の男、安部圭介は八十三歳。どっちも健在だ」

寺田の口もとに笑みが浮かんだ。「そこで、恥も外聞もない映画屋としては考えた。六十年ぶりに、モデルになった恋人同士を再会させせられないかと」

藍はちょっとためらって、

「――あまりいい趣味とは思えません」

「もちろんだ！　ワイドショー向きのネタ。それがなきゃ、映画は当らん」

と、寺田は平然と言った。「ところが、どうも妙な具合になってね」

「何がですか？」

「問題の彼女――山科咲だ。〈山科〉は旧姓だ。夫が死んだ後、〈山科〉に戻している」

「咲さんという名も、そのまま映画に……」

「〈圭介〉、〈咲〉、どちらもそのまま使った。――企画では、主演の二人の役者にも加わってもらい、モデルの人物と会ってもらうつもりだったが、圭介役の役者が次の仕事で海外へ行ってしまった。咲の役をやった中林愛美《なかばやしえみ》の方は話がついている」

「それで……」

「まず、中林愛美が〈未練茶屋〉へ出向く。君に、それに同行してほしい」

藍には、さっぱり分らなかった。


「『〈未練橋純情〉の男女、六十年ぶりの再会！　その瞬間に立ち会おう！』か。――少しタイトルが長いが、ツアーとしちゃ悪くないんじゃないか」

〈すずめバス〉の社長、筒見は、藍の話に上機嫌だった。

「でも、そんなのにお客が来ますか？」

と、藍は言った。「八十同士の再会ですよ。いくら、昔は美男美女だったといっても」

「そこを、うちらしくアレンジするんだ。〈すずめバスが誇る霊感バスガイド、町田藍と行く、〝未練橋純情〟体験ツアー！〉とか」

藍は真赤になって、

「そんな名をつけたら、即日〈すずめバス〉を辞めさせていただきます！」

と言った。「それに映画のタイトルは、〈未練橋慕情〉です。〈純情〉じゃありません！」

「何だ。〈純情〉の方がいいのに」

およそ〈純情〉と縁のなさそうな筒見が言うからおかしい。

「ともかく、断る手はない！　うちが映画絡《がら》みでツアーを組むなんて、創業以来初めてじゃないか」

――藍にも気になっていた。

スポンサーに〈Hバス〉がついていながら、なぜわざわざこんな弱小のバス会社へ任せてくれるのか。

藍のせいだ。――藍に、何としても行かせたいのだ。

しかし、なぜ？

寺田社長は何か隠している。

藍は、どうにもいやな予感がしてならなかった。

「――ドライバーは俺《おれ》」

と、君原が口を挟んだ。

「よろしく」

「その〈未練橋〉って、バスは通れるんだろうね？」

「知らないわ。見てないんだもの。――明日主演の中林愛美と一緒に、山科咲さんに会いに行くけど」

「よし、俺も行こう。どうせ休みだ。前もって見ときたい」

「ありがとう」

と言って——藍は、先輩の山名良子が、じっと刺すような目でにらんでいるのに気付いたが、目をそらさず、ニコッと笑ってウィンクして見せた。

山名良子は目をむいたが、調子が狂って何とも言わず、明日のツアーの予定表を作り始めたのだった……。

3

「あの映画を撮《と》った人たちは、一度もここへ来てないのね」

と、藍は言った。「映画と全然違う！」

「六十年前の話だぜ」

と、君原が笑う。

「それにしたって……」

つい文句を言ってしまう。

「監督さんがお年齢《とし》だから、すぐ疲れちゃうの。『この後、適当に撮っとけ』とかカメラマンに言って、先に帰っちゃったりするんだもの。びっくり」

と言ったのは、あの映画の中の〈山科咲〉、中林愛美だ。

当時の咲は二十歳《はたち》だが、演じる愛美は、女っぽさはあっても、まだ幼い。

今日はマネージャーが風邪《かぜ》でダウンしたとかで、藍と君原が「お守《も》り」をつとめている。

解放感があるのか、中林愛美はすっかりご機嫌で、列車の中でも、

「お弁当買って、向うで食べよう!」

なんてはしゃいでいた。

駅前でレンタカーを借り、君原は運転などお手のもの。——その車が、山道を大分行ったところで……。

「誰か来る。——まだ遠いのか、訊《き》いてみよう」

君原が車を停《と》め、窓ガラスを下ろすと、

「すみません!〈未練橋〉はまだ大分ありますか?」

声をかけた相手は、白髪の老女で、

「何しに行くんだね」

と訊く。

「〈未練茶屋〉って所に」

それを聞いて、老女は後ずさった。

「あんな所! 近寄るんじゃないよ!」

「どうして?」

「何が起るか——。私は知らないよ!」

と、逃げるように行ってしまう。

「何だ、ありゃ？」

君原は肩をすくめ、「何か感じるかい？」

と、藍を見て言った。

「いいえ、何も……。でも……」

「君が何も感じなきゃ大丈夫だ。さ、行こう！」

再び車は山道を急ぐ。

「――藍さんって、超能力があるんですってね！　私の恋の行方を占って」

「愛美さん……。超能力なんて、私は持ち合せてないわ。霊感が強いだけ」

「でも、いいなあ。今度の期末テスト、どの問題が出るか、当てて」

「あのね……」

「ハハ、ジョークよ」

――考えてみれば、十七歳はまだ高校生。

仕事で忙しく駆け回って、学校など、ろくに行っていないだろう。

「――あれかな」

と、君原が言った。

橋が見える。

――紅葉した、みごとな山の中、深い谷にかかった木の橋は、意外としっかりとして見えた。

「広さもある。バスで大丈夫だな」

君原は、その橋のたもとで車を停めた。

確かに〈未練橋〉と彫ってある。

「——向うに見える、小屋みたいなのが、例の茶店か」

「〈未練茶屋〉ね。せつない名前」

「渡ろう」

車が橋へかかった。すると——。

「待って！」

と、藍は言った。「変だわ」

「何が？」

車は橋の真中辺りで停《とま》っていた。

突然、白い霧が湧《わ》いて来たと思うと、アッという間に橋を包んでしまった。

「——ひどい霧だな」

「普通の霧じゃないわ」

と、藍は言った。

それは〈意志〉を感じさせた。霧の姿をした〈生きもの〉だ。

すると、急に窓の所に女の顔が現われて、藍たち三人はびっくりして飛び上るところだった。

「――〈未練茶屋〉へおいでですね」

三十そこそこか、着物姿の美しい女性である。

「はい、そうです」

「きっとそうだろうと思って、お迎えに上りました。――山の中は霧が時々急に出ますので」

「あの……」

「私についてらして」

着物の後ろ姿は、霧の中でもくっきりと見え、車はその後について行って、無事に茶屋へ着いた。

「――どうぞ」

小さな店先のベンチに腰をおろす。

白い霧は相変らず谷を埋めていた。

「どうぞ」

と、お茶を出されて、

「恐縮です」

お茶を一口飲んで、藍は言った。「あの――このお店の方ですか」

「はい、ここは私のお店です」

と、女が言った。

「あなたの？　ここ、〈未練茶屋〉でしょ？　それなら、山科咲さんのお店ではないんですか？」

「はい、私が山科咲でございます」

──藍は啞然とした。何かの間違いだ。

「あの……でも、山科咲さんは八十過ぎと思いますが、あなたは……」

「今年、八十になります」

まさか！──どう見ても、三十と少しという若さだ。

「でも……」

と言いかけ、藍は急にめまいがして、よろけた。

君原と愛美も倒れてしまう。

「あなたは……」

「大歓迎ですわ」

と、女は言った。「特に若い方からは、たっぷり吸い取らせていただきます。一段と若くなれますわ」

「待って……。何を……」

藍は止めようとしたが、力が抜けていく。

女が、気を失って倒れている愛美の上にかがみ込むと、その白い首筋をむき出しにさせる。

そして口を開くと、狼《おおかみ》のような尖《とが》った歯を、愛美の首へ一気に食い込ませた。

やめて！――やめて！

恐ろしさに藍は身震いした。

しかし、止める力もなく、藍はそのまま気を失ってしまった……。


「おい！――大丈夫か？」

体を揺すられ、藍はハッと目を開けた。

「――君原さん」

「なかなか起きないから、心配したぜ」

「え……」

中林愛美も心配そうに、藍を見ている。

「――夢か」

「汗かいてるぞ。夢の中で駆けっこしてたのか？」

車は山道を辿っている。

「〈未練茶屋〉は？」

「じきだろ。――あれがたぶん〈未練橋〉だ」

藍は息をのんだ。

今の夢の中で見たのと全く同じ橋だ。今初めて見るというのに……。

今度は霧が出ないまま、車は橋を渡った。〈未練茶屋〉の前で車を停める。

「降りよう」

「ええ……」

藍が降りると、茶屋の奥から、着物の女性が出て来た。

着物も帯も、同じだ。

しかし、現われたのは真白な髪の、上品な老婦人だった。

「いらっしゃいませ」

「あの――山科咲さん……でいらっしゃいますね」

「私でございます」

良かった。藍はホッとした。

八十にしては若いが、それでも七十前後には見えて、これなら「吸血鬼」というわけでもあるまい。

藍が中林愛美を紹介すると、咲はホホ、と軽やかに笑って、

「こんな可愛い方が私の役ですの？　私もこんなに可愛かったら、捨てられなかったでしょうにね」

愛美が照れて、嬉しそうに笑っている。

「さ、どうぞ。お茶をいれましょうね」

藍たちは茶屋の椅子にかけて、目の前の未練橋を改めて眺めた。

——あの夢は何だったのだろう？

藍は、ただの夢と片付けられなかった。

少々のことではびっくりしない藍だが、それだけに、あの夢に何か意味があるように思えてならなかった。

「さあ、どうぞ」

出されたお茶も、つい疑ってかかってしまう。飲むふりだけして、君原や愛美の様子をうかがったが、特に変った様子はなかった。

「——私の話が映画になるなんて、光栄なお話ですわ」

と、咲が肯く。

「あの——安部圭介さんとお会いになるのは構わないんでしょうか。プライベートなことですし……」

と、藍が訊くと、

「もう六十年も昔のことですわ」

と笑って、「お互い、見ても分らないかもしれませんね」

「で……実は、私……」

藍は〈すずめバス〉の社員として、二人の再会を見学するツアーの説明をしなくてはならなかった。

「あの——もし、おいやでしたら、断って下さっても……」

「いえ、一向に」

と、咲は言った。「多少の謝礼はいただけるんでしょ？」

「はい、あの——ツアー参加費の十パーセントということで」

君原が笑いをこらえている。

社長の筒見から言われたのは、「五パーセント」だったからだ。

ともかく、咲は快く承知してくれた。

十五分ほどで、三人は茶屋を後にした。

未練橋を渡って帰る車を、咲はていねいに見送ってくれた……。

「——よくできたおばあさんじゃないか」

と、君原が言った。

「そうね」

「すてきだわ！　私も、ああいうおばあさんになりたい」

と、愛美は感激している。

そう。——藍もホッとしていたことは確かである。

しかし、何かが藍に告げていた。

こんなはずがない。——どこかおかしい、と。

そのとき——。

「どうかしたか？」

と、君原が訊く。

急に振り向いた藍は、しばらく後方を見つめていたが、

「——何でもないわ」

と、首を振った。

今、藍の耳に、遠い叫び声が届いたのだ。

「私をここから出して！」

という、女の叫び声が。

4

「お邪魔してすみません」

と、藍は言った。

「いや、こういう突然の客は大歓迎だ」

映画会社の社長、寺田はグラスを手に言った。

ホテルの中のバー。

店内は社用らしいビジネスマンで一杯だった。

寺田は、太った赤ら顔の中年男と一緒だった。

「君は飲めるんだろう？」

「明日も仕事があって早いので、ジンジャーエールで」

と、藍は言った。

「――楽しみにしているよ。映画の宣伝として、TVやマスコミにも大いに売り込んでいる」

「そのことで、ちょっと伺いたいことがあって、お邪魔しました」

「何だね？」

「〈未練橋慕情〉を企画されたのは、何がきっかけだったんですか？　実話といっても、小説になっているわけでもないようですし」

藍は、同席している太った男をチラッと見た。寺田が気付いて、

「この男のことは気にしなくていい。というより関係者の一人だ」

「関係者？」

「沢村仁士《さわむらひとし》君。――あの山科咲さんの息子だよ」

藍はびっくりした。

およそ似ても似つかないタイプである。

「沢村とおっしゃったんですね、ご主人は。――お子さんはお一人？」

「上に姉が」

と、沢村仁士は言った。「姉が五十。僕は四十五です」

あの上品な老婦人の息子？

外見や太り方の問題ではない。人生に誠実に向き合っているとは思えない、どこかずるそうな印象が気になったのだ。

「それじゃ、あの話は、沢村さんから出たんですか」

と、藍が訊くと、沢村でなく、藍のすぐ後ろから、

「企画したのは僕だ」

と、声がした。

「――須川さん！」

〈Hバス〉の須川が、席に加わると、

「僕が寺田さんに話をしたんだ」

「須川さんがどうしてご存知だったの？」

「あれは僕の父のことでね」

「お父様？」

「僕の父は、安部圭介。僕は須川家の婿養子《むこようし》なんだ」

藍は啞然とした。

「須川君と飲んでいるときに、『何かこう、正統派悲恋物語はないかね』と言ったんだ」

と、寺田は言った。「すると、須川君が『僕の父の話ですが』と言って、若い日の愛と別れの物語を聞かせてくれた。しかも、その相手が今も茶屋をやっているというところがいい。橋の名が〈未練橋〉。こいつは決りだ、と思ったね」

「それに、僕は偶然この沢村君とも知り合いでね」

と、須川は言った。「お互い、事情が分って驚いたよ」

「僕が母に訊いて、了解してもらったんです」

「——というわけだ」

と、寺田がニヤリと笑って、「納得してくれたかね、〈霊感バスガイド〉君？」


「——気を悪くしたかい？」

と、須川が言った。

「いえ、別に」

藍は首を振った。「どうして私が気を悪くするんですか？」

「初めから、すべて話しておかなかったからさ」

——ホテルのバーを出て、寺田たちと別れ、藍は須川と二人、夜道を辿っていた。

「私はただのバスガイドです。映画一本作るなんて大変なお仕事に、係わり合うような立場じゃありません。それより——」

「何だい？」

「映画絡みのツアーを、私の所なんかに任せて、大丈夫なんですか？　会社の方、まずくないんですか」

須川は苦笑して、

「君への罪滅ぼしだ。これくらいのことはさせてくれよ」

と言った。

「いけませんよ、そんな……。それに、どうして私が呼ばれたのか――」

「寺田さんに君のことを話したのさ。そしたら、ああいう人だ。とても面白がってね。『霊感があれば、二人の別れの裏に何かあっても、見抜けるかもしれん』と言い出して」

「別れの裏に？」

「何もない。――あれは父の裏切りさ」

と、須川は言って、苦々しげに空を仰いだ。「父は有力者の娘と結婚した。そのおかげで偉くはなったが、生涯、母に頭が上らなかった」

「そうですか……」

「父は、僕が二十歳のころ、あの山科咲さんとのことを話してくれた。よく言っていたよ。『あの人を裏切らずに、あの山の中の町へ戻っていたら、出世はしなかったかもしれないが、もっと幸せになれただろう』とね」

「でも、ご自分で違う人生を選ばれたんですから」

「分ってる。――僕にも言った。『お前は同じことをくり返すなよ』と」

藍は何も言えなかった。

「――思ってるんだろ？　結局、父親と同じことをしてるじゃないかと」

「私が口を出すことじゃありません」

「僕が二十五になったとき、母が外出から帰って来て言った。『あなたの縁談を決めて来たわよ』と」

「――お父様は何と?」

「何も言わなかったよ」

須川はため息をついた。「僕には好きな人がいた。父が何か言ってくれるかと期待してたが、父はただ『そうか』と言っただけだった……」

「奥様は、何か〈Hバス〉の関係の方なんですか」

「親会社、M観光の大株主の娘さ」

藍は須川を見て、

「奥様は出て行かれたとおっしゃいませんでした?」

「正確には、少しちがう。僕の方が出た――いや、出されたんだ」

「それへの仕返しに、ツアーをうちの社へ?　いけませんよ」

「それとこれとは違うんだ」

「でも――」

「お願いだ。君のために、せめてこれくらいはさせてくれ」

須川が藍の手を握りしめた。

振り離せないほど強く。

「――分りました」

「な、町田君。今夜、帰らなくてもいいんだろ？」

藍の頰《ほお》がカッと熱くなった。

「そんなこと、おっしゃらないで！」

「お願いだ。僕と女房はもう全くの他人なんだ」

「人が見るわ。やめて下さい」

自分でも当惑するほど、藍は動揺していた。

すると、そのとき、

「全くの他人ですって？」

と、冷ややかな声がした。

振り向くと、細身のスーツ姿の女性が立っていた。

「お前……」

「他人の家へ帰りましょう」

その女性は藍を見て、「須川の家内です」

「――どうも」

「貞代《さだよ》、僕は――」

「帰らない？　どこに泊るの？　ビジネスホテル？　着替えも何もなくて、明日はどうやって会社へ行くつもり？」

「君が僕に出て行けと言ったんだぞ」

「だから他の女の所に泊めてもらうの？　情ない人ね」

容赦ない言葉が飛ぶ。

「――須川さん、私、これで」

と、藍は言って一礼すると、足早に歩き出した。

「町田君……」

須川の声が背後に遠ざかる。

藍は、しばらく行って振り返った。

もう、須川も、その妻も見えなくなっていた。

藍はホッとした。

「しっかりして！」

あんな言葉に、ついほだされてしまって、危うく底なし沼へ足を踏み入れるところだった。

「冗談じゃない！」

同情を恋ととり違えて、不倫の道へ？

いやだ、いやだ！

やたら足どりを速めて、地下鉄の駅へ向うと、バッグでケータイが鳴り出した。

「――はい」

と、出てみると、

「町田さんですか。私、山下と申します」

「山下さん……」

「中林愛美のマネージャーです」

「あ、どうも。初めまして」

「あの、実は――」

話を聞いて、藍の顔が青ざめた。

「――壁」

と、愛美が呻《うめ》くように言った。「壁が……。壁が……」

山下邦子《くにこ》は不安げに、

「ずっとこうなんです」

と言った。「あの〈未練茶屋〉を訪ねた後、急に倒れて熱を出して……」

マネージャーの山下邦子は、三十代半ばの真面目《まじめ》そうな女性だ。

「そうですか」

入院先の病院へ、藍は駆けつけたが、中林愛美は高熱で意識が混乱しているということだった。

藍は、苦しげに呼吸する愛美のことを見ていたが、

「山下さん、愛美さんは、霊感が強いんですか？」

と訊いた。

「はい。よく金縛りにあったりします。ときどき、一緒にいても突然、『今、死んだ人とすれ違ったよ』なんて言ったり……」

知らなかった！

藍の代りに、愛美が「何か」の力を受けてしまったのだ。

「壁が……」

と、再び呟く。

「ご心配なく」

と、藍は言った。「愛美さんに影響を及ぼしている力が消えれば、何もなかったようにケロッと治ります」

「それって……何のことです？」

「私にもよく分りません」

と、藍は首を振って、「でも、あの〈未練橋〉での再会がすめば、きっと何もかも終ると思います」

「だといいんですけど……」

藍は、苦しげに喘《あえ》ぐ愛美のそばに寄って、その白い手を取った。

「壁……」

「壁がどうしたの？　何か思ってることがあったら、私に教えて！」

藍は両手でしっかり愛美の手を挟むと、じっと気持を集中させた……。

5

「〈すずめバス〉です！　伝統と実績の〈すずめバス〉！　〈すずめバス〉をよろしく！」

聞いていた山名良子が苦笑して、

「みっともないわね。やめてほしいわ」

「またとない機会だからな」

と、君原が言った。「社長の気持も分ってやれよ」

――〈未練橋〉での、恋人たちの再会。

そのドラマチックな瞬間を見ようというツアーの当日。

集合場所には、バス二台分の客が集まっていた。

藍と君原の他に、山名良子と運転手の飛田の乗るもう一台が追加され、次々にバスへ乗り込んで行く。大変なにぎわい。

すっかり舞い上っているのは社長の筒見で、集まった客と、マスコミ関係者に、〈すずめバス〉のツアーのチラシを自ら配って歩いているのである。

「大騒ぎね」

と、山名良子が言った。

「もっと騒ぎになるかも……」

と、藍が言った。

「もっと、って?」

「いえ、何でも……。さ、出発しましょうか!」

いつもの〈霊感ツアー〉とは違って、午後一時の出発。

〈未練橋〉へ着くのは二時半ごろだろう。

藍のバスには、〈霊感ツアー〉の常連が大勢乗っていた。

「何かありそう?」

「さあ、どうでしょうか」

「楽しみにしてるよ!」

と、声が飛ぶ。

「——町田君、来たぞ」

と、君原が言った。「あれじゃないのか?」

「——ええ」

車が停り、降りて来たのは、須川と、ステッキを突いた老人だった。

あれが、安部圭介だろう。

「——遅くなった」

須川が藍に言った。「僕もついて行くよ」

「よろしくお願いします」

藍は、制服姿である。今は仕事をしているのだ。

最前列の席に、安部圭介と須川を座らせ、バスは出発した。

バス二台について、TV局やマスコミ各社の車が走り出す。ちょっとしたキャラバンである。

――仕事としては、難しくない。

映画についての宣伝や、バスの中のTVでの予告上映、出演者インタビューのビデオなど、材料には事欠かない。

安部圭介は、あの山科咲に比べると大分老け込んで見えた。八十三歳なら、むしろこれが普通かもしれないが。

バス内でのビデオや話のことも、全く気にしていない様子で、どうもそれが自分の話だと分っていないのではないかと思えた。

ただ、ステッキを両手で床に立て、じっとバスの行く手を見つめている。

「――父は本当に楽しみにしててね」

と、須川が言った。

「野次馬が多くて申しわけありません」

と、藍は冗談めかして言った。

「なに、こんなことがなけりゃ、六十年前の恋人と再会なんてできやしないからね」

――バスは順調に進んだ。

予定より少し早く、バスは〈未練橋〉へさしかかった。

「ストップ」

と、藍がバスを停め、「マスコミの車を先に」

再会は、この橋の上で、ということになっているので、準備が必要なのだ。

バスの傍《わき》をすり抜けて、マスコミの車が橋を渡って行く。

「少しお待ち下さい」

と、安部へ言っておいて、藍はバスを降りて、一人、橋を渡った。

〈未練茶屋〉の前に立って、マスコミの様子を眺めているのは、咲の息子、沢村仁士だった。

「やあ、ご苦労さん」

「お邪魔します。お母様は……」

「うん、中にいる。女は仕度が長くてね」

と、沢村は笑って言った。

藍は橋の方を振り返りながら、

「お姉様はおみえにならないんですか」

と訊いた。

「ああ。――姉は色々忙しくてね」

「残念ですね。歴史的瞬間なのに」

沢村は肩をすくめて、

「TVでゆっくり見るさ」

と言った。「——ああ、お袋だ」

咲がすっきりとした和服姿で現われた。

「——まあ、先日はどうも」

「度々お騒がせして」

と、藍は言った。「今、安部圭介さんはあのバスの中でお待ちです」

「まあ……。夢のようだわ」

と、ため息をつく。

「TVの準備にあと少しかかります。店の中でお待ち下さい」

と、藍は一緒に店の奥の方へ入って行くと、

「——この壁はずいぶん新しいですね」

と、白壁の一面を見て言った。

「え？　ああ……。汚れが目立ったものですからね。直したんです」

沢村も入って来て、

「女手一つで、こんな小さな店でも楽じゃないさ。でも、今度のことで話題になれば、ドッと客が来る」

「あまり大勢来られても、お母様お一人じゃ大変でしょう」

「僕も手伝うことにしたんだ。やっぱり男の手があった方が、何かといい」

と、沢村が言った。

「そうしてくれると、母さんも助かるわ」

と、咲が微笑《ほほえ》む。

藍は茶屋の表に出ると、

「──咲さん、準備がすんだようですので、呼ばれたら奥から出て来て下さい」

「分りました」

藍はバスへ戻って、橋の手前で乗客を全部降ろすことにした。

二台分の乗客を、TVカメラの画面に入らない位置へ落ちつかせるのに大分手間取ったが、何とかおさまった。

「山名さん、お客様の方をよろしく」

「ええ」

藍は、バスに残っていた須川へ、

「どうぞ」

と、声をかけた。

「分った。──父さん、行こう」

須川が安部を支えながら、ゆっくりとバスから降りる。

その間に藍は茶屋へ取って返し、

「咲さん、お願いします！」

と呼んだ。

ＴＶカメラが一斉《いっせい》に橋へ向く。

カメラのシャッター音。

〈未練橋〉の向うからステッキを突いて一歩一歩、踏みしめるようにして、安部圭介がやってくる。

咲が茶屋を出ると、橋へと進んで行った。

藍はじっと橋のたもとで見守っている。

二人は、橋の中央で出会った。

——長く沈黙があった。

「お久しぶりでございます」

と、咲が言った。

「咲さん……かね」

「はい。圭介さん、お変りなく」

「色々、すまなかった」

安部が頭を下げるのを、

「そんな……。いけません」

と、咲が手で止めた。「もう昔のことじゃありませんか」

不意に、安部が咲の手を取った。

ステッキが倒れる。

「圭介さん……」

二人が見つめ合う。

カメラのシャッター音が雨のように湧き起る。

だが——突然、安部は手を離すと、後ろへよろけた。

「違う！　あんたは咲さんじゃない！」

足もとも覚束《おぼつか》ない老人のものとは思えない、厳しい声だった。

「——圭介さん、何をおっしゃるの？　私です。咲ですよ」

「違う！　咲さんの手は、そんな風じゃなかった！」

咲は困惑の笑いを浮かべて、

「もう八十ですもの、手だって荒れますわ」

と言った。

しかし、安部は首を振って、

「違う！　手の大きさが違う！　たとえ手が荒れても、大きくなったりするもんか！」

あまりに自信に満ちた言葉だった。

マスコミの目は、思いがけない成り行きに棒立ちになっている咲の方へと向った。

「——何だっていうんだ！」

沢村が飛び出して来た。「あんな、もうろくしたじいさんに、何が分る！」

藍は、橋の上へ進み出ると、

「いいえ、安部さんは正しいんです」

と言った。「そうでしょう？　咲さんの娘さん」

咲が振り向く。

「――どうせ、六十年も前に別れたきりだから、分るわけがない。そう思ったんでしょうね」

藍は、青ざめて橋の手すりにしがみついた「咲」へ言った。「でも、人間、一番印象に残ったことは、忘れないものですよ」

「言いがかりだ！」

沢村が怒鳴った。

「――もうやめましょう」

と、その女が言った。「確かに、私は咲の娘の有紀《ゆき》です」

騒然となって、マスコミは橋の上へ飛び出して来た。

「待って！　待って下さい！」

藍は叫んだ。「橋から出て！　危いわ！」

霧だ。――白い霧が橋の周囲に渦巻いている。

と、突然、

「ワッ！」

と声が上った。

TV局の車の一台が、急に走り出し、〈未練茶屋〉の中へと突っ込んで行って、店先を壊してしまったのだ。

「何するんだ！」

沢村が叫んだ。

「沢村さん。——あの白い壁ですね」

と、藍が言うと、有紀が泣き出した。

「畜生！——畜生！」

沢村が拳《こぶし》を固めて、座り込んだ。

「——大変だ！」

TV局の男が、茶屋から飛び出して来ると、「壁が壊れて——中から人の手が……」

「——お母さんを殺したんですね」

と、藍は言った。

「違う！　僕じゃない！」

と、沢村がわめく。

「母がいけないんです」

有紀が静かに言った。「映画の話が来たとき、これを利用して宣伝したら、客を沢山《たくさん》呼べる、と思ったんです。仁士も私も、仕事がなくて困っていましたから、この茶屋で大儲《おおもう》けできると思って……」

「でも、お母さんは拒んだ」

「ええ……。あの思い出は汚したくない、と映画の話をやめさせようとしたんです。私と仁士が反対して、大ゲンカになりました」

有紀は涙を流しながら、「──母が映画会社に電話しようとしたので、仁士がカッとなって……。母を殴ったんです。母は床に倒れ……亡くなっていました」

藍は有紀の肩を叩《たた》いて、

「それは偶然でも、死体を壁へぬり込めて隠し、母親に化けたのはひどいことですよ」

「分ってますけど……。私も夫と別れて、子供に食べさせないと……」

霧が、橋を包み始めた。

藍が周囲を見回した。

「誰かいるわ」

「え？」

人の気配を感じた。

それは、藍の後ろをすり抜けた。

橋の手すりにつかまって立っていた安部のその手に──白い手が重なっていた。

いや、手だけが。

安部の顔に、嬉しそうな笑みが浮かんだ。

「咲さん！　君の手だ！　咲さんの手だ！」

藍は止めようとしたが、間に合わなかった。

安部はその白い手に引かれて、橋の手すりを越えると、遥《はる》か下の流れへと落ちて行ったのである。


地元の警察を出たのは、もう夜中だった。

「——須川さん」

藍は、道に立っている須川を見て、足を止めた。

「すんだのかい？」

「一応は。——あの姉弟が罪を認めたから」

疲れていた。

「バスは？」

「お客様を乗せて帰りました。ともかく、お客様の迷惑になっちゃいけないから」

「そうだね。——どうやって帰る？」

「さあ……」

ともかく座りたかった。

二人は、手近なベンチに腰をおろした。

「お父様のこと、お気の毒でした」

「いや。僕も見ていたよ。あの白い手に引かれて飛び下りるとき、父は嬉しそうというか
——ホッとしていた」

藍にも分っていた。しかし、「白い手」の話など、警察は信じてくれない。

「結局、事故ということに？」

「うん。一番それがおさまりがいい」

——壁にぬり込められていた、山科咲の死体に「手がなかった」ことも、単なる偶然ということになるだろう。

「映画の方はどうなるんでしょう？」

「大丈夫。これだけ話題になったんだ。寺田さんは大喜びだよ」

「ならいいんですけど」

須川が藍の肩を抱く。

「——町田君」

藍は、須川の腕の中で休みたいと思った。

二人の唇が重なる。

藍は、須川にきつく抱きしめられたが——。

突然、藍はハッと須川を押し戻し、身をよじるようにして立ち上った。

「町田君——」

「いけません！　あなたのためなんです。ごめんなさい！」

藍は駆け出した。

車のクラクションが鳴る。

振り向くと、車の窓から君原が顔を出した。

「迎えに来たよ」

藍は急いで助手席に乗った。

車は夜の山道を走って行く。

「——私、クビ？」

「どうして？」

「お客様を放り出したわ」

「仕方ないだろ。それに、みんなあの『手』を見てる。写真やビデオにも撮って、大喜びさ」

「そう……」

「社長は、〈すずめバス〉のＰＲになったと喜んでる。問題ないよ」

——車は、暗い山道を進んでいる。

藍は、須川にキスされ、抱きしめられたとき、はっきりと見たのだ。

須川が、妻の貞代の首を絞めているところを。

もし、藍が須川に身を任せていたら、その未来があれだった。

須川の身の破滅、そして、藍にとっても、一生消すことのできない傷を負うことになっただろう。

　これでいいのだ。

　須川は妻の所へ戻る。――どう言いつくろってみても、須川は今の人生を拒まなかったのだ。

　結婚した相手に、子供に対して、責任を負っている。

　自分だけの都合で、

「俺は不幸だ」

　と嘆くのは易《やさ》しい。

　自分が、その相手を不幸にしていることに気付かないのだ。

「――あの橋を通るのね」

「うん。――他に道はない」

「いいの。見ておきたかった」

　やがて、車のライトに〈未練橋〉が浮かび上った。

　その橋の中央に、安部圭介と山科咲が、二人とも白い髪を光らせて立っていた。

　そして、車が通り過ぎるとき、二人してニッコリ笑って頭を下げたのである。

　藍は会釈を返して、ホッと息をついた。

「――何か見えたのか？」

　と、君原が訊く。

「ええ。――あの二人のお年寄が」

「そうか。いいな、君は」

と、君原が笑う。

「こんな私って、気味悪い？」

「いや。それでこそ、わが〈すずめバス〉のホープさ」

「ほかにほめようがないの！」

と、藍は口を尖らして腕組みをした……。


「――お疲れ様」

と、事務の女の子が出て来て、「町田さん、お電話が」

「今かかってるの？――じゃ、行くわ」

ツアーを一つ終えて社の前へ戻って来たところである。

オフィスの電話に出て、

「――お待たせしました。町田です」

「町田君。――須川だ」

「あ、どうも……」

「この前は、すまなかった」

「いいえ」

――もう、あの出来事から一か月たっていた。

「須川さん、その後、お宅へは？」

「うん、毎日帰ってるよ」

「良かった」

「娘が気をつかってくれてね」

と、須川は言った。「こういう生活も、悪くないよ」

「私にそれを聞かせようと？」

「違う、違う」

と、須川は笑って、「君――〈Hバス〉に戻らないか」

「え？」

「うちでも、君のことは辞めさせて失敗だったと言ってるんだ。――どうだろう？　前の倍の給料を出すがね」

前の倍。――ということは、今の〈すずめバス〉の三倍を軽く越える。

「――須川さん、ありがとう。でも、やめときます」

「そうか」

「今の私には、ここが合ってるの。お金にかえられないものがあるんです」

「分った。――正直、僕もそう聞いて嬉しいよ。君はいつも君らしくて、それがいいところだ」

「変なほめ方ですね」

と、藍は笑って、「じゃ、奥様によろしく」

「ありがとう。それじゃ」

——電話が切れる。

馬鹿なことかしら？

でも、本当なのだ。人は、自分の居場所を見付けることが、一番むつかしい。

「——さ、タイヤを洗おう！」

藍は、オフィスから駆け出して行った。

解　説

細谷正充

みなさま、本日は〈すずめバス〉の〈幽霊見学ツアー〉にご乗車いただき、まことにありがとうございます。これから五ヶ所の「怪異名所巡り」をさせていただきます。初めてのお客様も多いでしょうから、ちょっとした解説を用意しました。このツアーをより楽しむために、お目通しいただければ幸いです。

本書『神隠し三人娘』は、霊感バスガイド・町田藍を主人公にした「怪異名所巡り」シリーズの第二弾だ。「小説すばる」一九九九年九月号から、二〇〇一年九月号にかけて、半年に一本のペースで掲載された、短篇五篇が収録されている。

記念すべきシリーズ第一作「心中無縁仏」は、ヒロインの町田藍が、大手バス会社をリストラされ、〈すずめバス〉に再就職を決める場面から始まる。しかしこの観光バス会社、弱小もいいところ。おまけに社長の筒見哲弥の命令で、いきなり〈幽霊見学ツアー〉のガイドにされてしまう。霊感が強く、ただでさえ幽霊や呪いに反応してしまう体質の藍にとって、あまりありがたくない仕事。とはいえ、女二十八歳、ひとり暮らし。お金を稼がなければ、アパートの家賃も払えない。美青年の運転手・君原志郎と組まされて、しぶしぶ夜のツアーに出かけるのだった。

バスが目指すは、K市のはずれにある〈霊心寺〉だ。この寺のある町は、小型の企業城下町として栄えていたが、五年前に経営悪化で工場が閉鎖。その際、第一組合と第二組合の対立があり、町の人間がふたつに割れていがみ合ったという。しかも恋人同士だった、第一組合のリーダーの息子・白浜薫と、第二組合のリーダーの娘・結城知美が、騒動の最中に寺の裏の池に身を投げ、心中していたのだ。寺で怪異に遭遇し、さらにはツアー客のひとりが、幽霊に取り憑かれたことを知った藍は、事態解決のために奔走。やがて心中事件の、意外な真相にたどり着くのだった。

欧米のホラー・ストーリーには、シリーズの主人公が、オカルトや幽霊がらみの事件に立ち向かう、ゴースト・ハンター物と呼ばれるジャンルがある。日本でも比較的知られた作品として、アルジャノン・ブラックウッドの『妖怪博士ジョン・サイレンス』や、ウィリアム・ホープ・ホジスンの『幽霊狩人カーナッキ』が挙げられる。本書も、あえてジャンル分けをするならば、ゴースト・ハンター物ということができよう。

とはいっても、作者があの赤川次郎である。独自のアイディアを盛り込み、単なるゴースト・ハンター物とは、一線を画した内容となっている。まず目を引くのが〈幽霊見学ツアー〉という設定だ。

怪奇スポット地図が書店で売られ、それを片手に幽霊が出没するといわれる場所を見物する人が、少なからずいる時代である。怪奇現象を期待し、実際に事件の起こった場所を見物するという、いささか悪趣味なツアーが行われても、おかしくはない。そういう時代のリアリティが、この作品にはある。弱小観光バス会社の企画した〈幽霊見学ツアー〉で、霊感バスガイドが次々と奇怪な事件に巻き込まれるという、ユニークな設定を考えついた時点で、本書の面白さは約束されたと断言していいのだ。

しかも主人公の町田藍は、幽霊がらみの事件を解決するが、幽霊を退治したりはしない。なぜなら本書に登場する幽霊は、悪《あ》しき存在ではないからだ。むしろ事件の被害者であったり、何らかの未練を抱いた悲しい人（いやまあ、すでに人ではないが）なのだ。本当に怖ろしいのは、彼らを幽霊の立場に追いやった人間である。幽霊と心を通わせてしまう藍は、そのような人間の罪を掘り起こし、糾弾する。幽霊の手助けをして、幽霊と縁のあった人々の心を慰めるのだ。お盆の行事などに見られるように、霊に対する敬意や慈愛の心を持つ、いかにも日本的な〝和〟のゴースト・ハンター物とでもいおうか。ここも本シリーズの、ユニークきわまりない点である。

ああ、念のために記しておくが、前述の『妖怪博士ジョン・サイレンス』『幽霊狩人カーナッキ』も、幽霊を退治する話ばかりが収められているわけではない。内容はもっと、バラエティに富んでいる。しかし欧米では、この手の作品は一律にゴースト・ハンター物といわれる。これはやはり、キリスト教圏の人間にとって、幽霊は、人間と相容れない退治すべき存在として認知されているからだろう。映画『ゴーストバスターズ』のタイトルも、同様の発想と思われる。

閑話休題。幽霊が次々と登場し、奇怪な事件が起こり、ときに悪辣な犯罪が暴かれながらも、本書の読後感は爽やかだ。その大きな理由は、町田藍のキャラクターにある。霊感が強く、いささか無鉄砲でお人好しのところを除けば、彼女は、きわめて普通の感覚の持ち主だ。たとえば、実際に事件の起こった場所を、見世物にするような〈霊感〉ツアーに対して、

「当然ではあるが、藍としては、消えた子の親の嘆きを思うと、『こんなことで商売していいの？』と考えてしまう」（「神隠し三人娘」）

と、複雑な思いを抱き、あるいは怪奇現象の裏に潜む殺人事件を暴いたときは、

「人一人殺せば、その人だけじゃなくて、その人とつながる何人もの人たちを苦しめるんですよ」（「しのび泣く木」）

と、殺人の引き起こす悲しみの波紋まで指摘する。当たり前といえば、当たり前の意見である。だが、当たり前だからこそ、心に響く言葉もある。本書を読んでいて気持ちいいのは、ヒロインが常に健全な普通人の視線を持ち、それに基づいて行動しているからだ。彼女の活躍に、爽やかな共感を覚えずにいられないのである。

ユニークなゴースト・ハンター物と、ヒロインの健全な魅力。これだけでも充分だが、本書の読みどころは、まだまだある。謎ときの楽しさだ。テレビに出演した男性が催眠術にか

けられ、かつて失踪した三人の少女の名前を挙げる発端から、意外な真相が暴かれる「神隠し三人娘」。映画関係のツアーのはずが、やはり幽霊がらみの騒動になり、隠された犯罪が白日の下に晒される「未練橋のたもとで」と、鮮やかなサプライズが味わえる。詳しく触れるスペースがないが、他の作品も同様だ。すべての収録作が、ミステリーとして読んでも、一級品なのである。

最後に、作品の面白さとは別に、ひとつ注目したいことがある。「怪獣たちの眠る場所」で表明されている、作者のメッセージだ。

「怪獣たちの眠る場所」は、住宅地に出没する巨大な直立エビの幽霊の謎を描いたものだ。ストーリーが進むにつれ、巨大エビが、特撮ヒーロードラマ〈地球の戦士・ミラクルマン〉に登場した怪獣エビギラスの着ぐるみであることが判明する。そしてエビギラスの着ぐるみがなぜ幽霊として現われるのか調べ始めた藍は、その過程で〈ミラクルマン〉の脚本家と出会う。だが脚本家は〈ミラクルマン〉の脚本が書けなくなっていた。ある出来事から、ただ怪獣が怪獣というだけで醜く造形され、正義の味方にやっつけられることに、疑問を抱いてしまったのだ。そして、こんなことをいう。

「ねえ、毎週毎週、あんなものを見せられて、子供たちの中に、違う世界の奴は戦って殺すしかないんだ、という考えがいつしか根づいているとしたら……。あの子たちが大人になったとき、またいとも簡単に戦争を始めてしまいそうな気がして」

重い。このセリフは重い。短篇「悪夢の果て」などに顕著だが、作者は戦争反対の立場を明確にして、戦争を肯定するような時代の空気に警鐘を鳴らしている。この作品で脚本家のいうセリフも、そうした作者の危機感の表れであろう。軽やかな作風から見過ごされがちだが、赤川次郎という作家は、自分が発言しなければいけないと思ったことは、キッパリと発言する硬派な一面を持っているのだ。エンタテインメントに徹した作品の中に込められた、作者のメッセージも、しっかりと受け取ってもらいたいものである。

みなさま、五ヶ所の「怪異名所巡り」、堪能していただけたでしょうか。なお、シリーズ第二弾『その女《ひと》の名は魔女』が、二〇〇四年六月に刊行（集英社）されています。本書を気に入っていただけたなら、そちらも手にとってみてはいかがでしょう。

また、本シリーズは『霊感バスガイド事件簿』のタイトルで、テレビドラマ化もされました。主人公を演じたのは、菊川怜です。ＤＶＤが発売されていますので、興味のある人はこちらもご覧いただければと思います。

それではいよいよ終点です。〈すずめバス〉の〈幽霊見学ツアー〉、またのご乗車を、心よりお待ちしております。

この作品は、二〇〇二年三月、集英社より単行本として刊行されました。

集英社文庫　赤川次郎の本　〈南条姉妹シリーズ〉

ウェディングドレスはお待ちかね

「その結婚、おやめなさい」箱入り娘・麗子の結婚式直前、正体不明の謎めいた忠告に、名門・南条家は大パニック。麗子の双子の妹で〈暗黒通り〉のボス・美知に助けを求めるが――。

ベビーベッドはずる休み

顔はそっくりでも性格は正反対の南条家の双子姉妹。結婚した姉の麗子に女の子が生まれたが、突然、赤ちゃんが行方不明に！　南条家を襲う怪事件に双子コンビの大冒険が始まった。

スクールバスは渋滞中

ご存じ、南条家の双子姉妹。箱入り奥様となった姉の麗子の娘、サッちゃんが通う名門幼稚園のバスに爆弾が仕掛けられた！　プリンセスの無事救出をめぐって、美人姉妹が大活躍。

プリンセスはご・入・学

南条家の星・サッちゃんが名門小学校に入学し、母親の麗子が父母会の会長に選ばれたとたん、殺人事件発生。何やら父母会がキナ臭い?!　南条姉妹シリーズ絶好調第4弾。

マドモアゼル、月光に消ゆ

サッちゃんの小学校の修学旅行に同行し、ドイツまでやってきた南条一家。異国の地で姉妹の母・華代が誘拐され大騒動。一方で、妹・美知の「衝撃の過去」もはじめて明かされる！

集英社文庫

神隠《かみかく》し三人娘《さんにんむすめ》 怪異名所巡《かいいめいしょめぐ》り

2005年4月25日 第1刷
2020年8月25日 第13刷

定価はカバーに表示してあります。

著 者 赤川次郎《あかがわじろう》

発行者 徳永 真

発行所 株式会社 集英社
東京都千代田区一ツ橋2-5-10 〒101-8050
電話 【編集部】03-3230-6095
【読者係】03-3230-6080
【販売部】03-3230-6393（書店専用）

印 刷 凸版印刷株式会社

製 本 凸版印刷株式会社

フォーマットデザイン アリヤマデザインストア　マークデザイン 居山浩二

ISBN978-4-08-747806-8 C0193